男どき女どき

男時女時

向田邦子

Mukoda Kuniko

章蓓蕾————譯

目錄

IV

V

「時間應有男時、女時之分。」——《風姿花傳》[1]

1 「男時」是指做事水到渠成，順勢成功之時，「女時」則指事情進行不順，逆勢受阻之時。這是世阿彌的能劇理論書《風姿花傳》當中的一句話。世阿彌（一三六三—一四四三）是日本室町時代初期的猿樂演員與劇作家，「猿樂」又叫「申樂」，亦即日本現代的「能劇」。世阿彌與其父觀阿彌同為日本集猿樂之大成者，父子兩人創作的能劇由日本「觀世流」承襲至今。《風姿花傳》是世阿彌留給後世的二十一部著作中最早的作品，大約完成於十五世紀初，全書共七篇，內容包括能劇的修行法、心得、演技論、演出論、歷史、能劇的美學等，這部作品既是能劇的技藝理論也是講解日本美學的古典作品，更是重要史料，具有極高的文學價值。

I

鯽魚

「啊！有人來了！」

低聲說出這句話的，是大女兒真弓。

「現在，剛剛打開了廚房門。絕對沒錯！」

真弓雖是鹽村的女兒，他卻不喜歡聽到女兒說這種話。當初因為鋼琴老師稱讚真弓擁有出色的音感，她便嚷著後年要去投考音樂大學，有事沒事總喜歡賣弄一下自己的耳朵有多好，一下說她聽到隔壁的隔壁鄰居家鬧鐘響了，一下又說賣烤紅薯的男孩變聲了……鹽村若是回答「沒聽到」、「聽不見」，馬上就被女兒譏笑為音痴。

女兒如此不把自己放在眼裡，鹽村就更固執地想當場頂回去：

「不會有人來的，妳聽錯了吧。」

這天，難得他太太三輪子也站在丈夫這邊幫腔說：

「有人來的話，會叫我們的。」

對三輪子來說，這真是個難得的星期天。平時總是丟下全家，自己跑去打高爾夫球或忙著其他活動的鹽村，這天卻難得地待在家裡。或許因為外面下著小雨吧。而且十一歲的大兒子阿守，這天也在家。全家四人剛剛才吃完一頓氣氛和美的早午餐，餐桌上雖沒說到什麼特別好笑的話題，笑聲卻始終不絕於耳。現在聽到女兒提醒，可能三輪子也覺得跑去廚房探視有點可惜，因為那樣就得打斷眼前好不容易炒熱的氣氛了。

「真弓，是妳耳朵有問題吧？」

「爸爸的耳朵才有問題呢。就只有您一個人的笑聲走音了。」

「笑聲還有音調？」

「有啊。」

真弓天生一張胖嘟嘟的圓臉，外號叫作「燒賣」。但她一生起氣來，兩個眼睛就只剩下眼白，變成了三白眼，跟她媽媽三輪子一模一樣。

「您要是不信，就笑笑看呀。只有爸爸一個人笑得走音呢。」

鹽村聽從女兒的指示，笑了幾聲，卻立刻想到，又沒什麼可笑的事，怎麼能隨便笑呢？便立刻換上一副嚴肅表情。其他三人看他這樣，覺得更好笑，齊聲爆出一陣大笑，就連平日不愛說話、很少露出笑容的阿守也笑了。其中笑得最大聲也最開心的，是三輪子。鹽村也笑了，他想，自己雖然不懂音樂，但在星期假日的中午，全家四人氣氛和美地同時發出笑聲，不是比任何合唱團的演唱都好聽嗎？

鹽村今年四十二歲，剛好是一般習俗所謂的「厄年」，但他最近的運氣倒是挺不錯。原以為自己身為上班族，工作上不可能再有什麼驚人的躍升了，卻沒想到今年春天，公司發布人事調動的時候，他的直屬上司竟榮升為公司的專務董事。鹽村早已買下自己的房子，雖只是現成的預售屋，但再過幾年，房貸就要付完了。而身體方面，他的血壓正常，胃腸健康，高爾夫球的成績也令人滿意。

蝸牛枝頭爬，神明天上坐，世間喜樂，萬事太平。

這句詩好像是白朗寧（Robert Browning）寫的吧？最近幾年都沒看到蝸牛了，或許因為我們這院子只有巴掌大小吧。

正想到這兒，真弓又低聲嚷了起來。

「啊！小偷……。」

廚房裡有一個人。她說。

接著，又低聲說道：

「現在關上門，走出去了。」

「真囉唆。妳這孩子。」

那麼在意的話，妳到廚房去看一眼呀！鹽村說。

「廚房裡也沒東西可偷啊。就算小偷進來，也不會有什麼損失。」

三輪子說著，從椅子站起來，走到廚房門外向裡面瞄了一眼。啊！三輪子突然發出一聲驚叫，滿臉訝異地轉過頭來。

「怎麼了？什麼東西被偷走了？」

「不是被偷走了，是多出來啦。」

只見後門口附近的泥地上，有個塑膠桶擺在那兒，桶裡有一條長約十五公分的鯽魚。

「到底怎麼回事啊?這是。」鹽村大聲問道。

「阿守,是你吧?是不是跟你朋友約好的?」

阿守一面窺視桶裡的鯽魚一面搖著腦袋說,不是我。三輪子和真弓也嚷著,不知怎麼回事呀。

「那不是很奇怪?大家都不知道的東西,怎麼會放在這裡?難道是鯽魚自己走來的?」

鹽村不知不覺提高了嗓門。妻子和兒子女兒都像中邪了似地露出呆滯的表情。

「我知道了!」三輪子突然大聲嚷起來。

「這東西是給爸爸的啦。」

鹽村只覺心頭好像被鐵鎚擊中的感覺。

「喂!妳胡說些什麼!」

「你先別急,用手摁著自己胸膛,好好想一想吧。」

鹽村感覺臉頰的肌肉正慢慢地僵硬起來。

「有沒有得罪過哪個自認很會釣魚的朋友?有沒有說過『怎麼可能釣到這麼大的

鯽魚』之類的話？那個被你質疑的人一定氣死了，所以才會特地悄悄把魚放在這兒，就是要告訴你，他釣到魚啦。」

聽到這兒，鹽村才鬆了口氣。

還好！還好三輪子沒有發現。不過，這個節骨眼上，我可不能露出欣喜的表情，鹽村想到這兒，故意滿臉嚴肅地歪頭思索著。

「我的朋友當中，可沒有誰喜歡釣魚。」

「這麼說，爸爸也不知道是誰嘍。」

「我怎麼可能知道？亂講什麼呀！」

鹽村的語氣又顯得強硬得不太自然了。

「經常聽說哪家的信箱被人塞進萬元鈔票，塞鯽魚的新聞倒是沒聽說過呢。」

三輪子不太愉快似地看著鹽村的臉孔說：

「要不要報警啊？」

「警察也不知道怎麼辦吧？最重要的是，這又不是現金。」

鹽村可不想驚動警察，雖說這點小事還不至於登上報紙，但他可不想把事情弄得太太。

「可是爸爸，這也算一種遺失物喔。不能據為己有吧？」

真弓最近有點喜歡得理不饒人地與人爭論。

「雖然可算是遺失物，這麼說來，住宅侵入罪也能成立嘍。」

鹽村也不甘示弱地強詞奪理，反正，他可不想弄到報警這一步。

「可是侵入的是鯽魚呀。孩子他爸你真的好誇張喔。」三輪子說著笑了起來。

看到老婆的笑容，鹽村的心情稍微輕鬆了一些。

「把牠帶到哪條河裡去放生算了。」

爸爸會付你們跑路費的。這句話剛要從鹽村嘴裡冒出的瞬間，阿守突然說：我來養這條魚吧。他從剛才就一直把指尖伸進水裡逗弄著那條鯽魚。不用給我買新輪鞋了，這樣，總可以讓我養牠了吧？說著，阿守便伸出兩臂圈住水桶。他平時很少說話，但只要他想做的事情，就沒人能夠阻攔。以前阿守曾經想要養狗、養貓，都遭鹽村拒絕了，就連信鴿，鹽村也藉口「會把家裡弄髒」否決了。但他眼下一時想不出不准阿守養鯽魚的理由。太噁心了，不要！真弓立即表示反對。老婆也露出無法同意的表情，不過最終還是緊抱水桶的人得逞，阿守終於獲准飼養那條鯽魚了。

找個大一點的容器吧。家裡的三人一起擠在倉庫前面向內張望。只有鹽村獨自躲在一旁，暗暗地鬆了口氣。

沒錯！這條魚就是鯽吉！他記得牠的臉孔。不，也不能這麼說，他記得牠的背鰭從正中央裂成兩半。才一年不見，鯽魚會長得這麼大又這麼肥嗎？這且不說，那女人又為什麼幹出這種勾當呢？

女人的名字叫作露子。

三十五歲的她曾經結過婚，後來跟老公分手了。她有個親戚在池袋經營小料理店，露子也在店裡幫忙，鹽村跟她就是那時認識的。

有一次，酒量不行的鹽村喝得爛醉，出了醜，露子幫他處理穢物，鹽村為了表示感謝，就買了一個皮包送她，之後，兩人約會過兩、三次，不知不覺就變成了那種關係。

露子算不上是美女，體型又乾又瘦，身上沒什麼肉。或許該說她善於表達床上的歡愉吧，鹽村稍微有些表現，她就高興得欲死欲仙，用指甲在鹽村背上摳出一堆抓痕。剛好那時又是夏天，害得鹽村整天心驚膽戰的，深怕被家人發現背上的痕跡。

不知從什麼時候起，鹽村已經養成了習慣，每週都會到露子的公寓去一趟。也就是在那段時期，露子收養了那條鯽魚。

當時有個孩子正要把自己釣到的鯽魚扔進髒兮兮的小河裡，露子剛好從那兒經過，就向孩子要來了那條魚。河面都是清潔劑泡沫，把那魚丟進河裡等於就是叫牠死啊，還是送給阿姨吧！露子說著，就把魚帶回家來。她還買了一個很大的熱帶魚缸，把鯽魚放在裡面飼養。

露子從小生長在霞浦[1]，對養魚這件事非常內行。

「老是感到有人在偷看我們呢。」

她家在一間廉價公寓裡，只有兩個房間，一間六疊榻榻米，一間三疊榻榻米。被褥鋪在榻榻米上，腦袋上方就是那個魚缸。

1　霞浦：位於日本茨城縣與千葉縣間，為日本第二大淡水湖。

「沒關係啦。魚都是近視眼。」

也不知這話是真是假，露子說完，便像牽牛花藤攀附在竹枝上似的，緊緊地纏住鹽村。

「如果從頭到尾只有我一個人，倒也是無所謂。可是我們倆在一起的情景，有時明明應該忘了，卻會突然浮現在眼前。你不在這裡的時候，要是沒有一個活生生的動物陪我，實在寂寞得受不了啊。」

她給鯽魚取了名字，叫作「鯽吉」，每天丟些飯粒到魚缸裡餵牠。

鹽村後來決定分手，倒不是因為不喜歡露子，也並非捨不得每月付給她那點零花錢。鹽村主要是不想毀掉自己的家庭。因為當初並不是因為對老婆有所不滿，才跟露子發展出這種關係的。所以大約在一年前，他去新加坡出差一個月回來之後，便藉口得了腸炎，需要在家靜養一個月，然後很自然的，就跟露子疏遠了。鹽村後來安慰自己，反正也沒對她承諾過未來的事情，露子應該沒資格恨我吧。就在他正想把這段往事推向記憶深處的瞬間，鯽吉被送到他家來了。

露子究竟是出於怨恨或是憤怒，或只是為了出一口氣，才把鯽魚丟到他家來的？

鹽村實在無法弄清她的意圖。他也知道自己應該打個電話，問問她究竟怎麼回事，但心裡又覺得不安，很怕自己因為這件事，又跟她開始來往。反正，不論如何剛才露子肯定聽到自己的笑聲了。他們夫妻跟兩個孩子一起發出的那陣笑聲。露子聽到笑聲時，心裡是什麼感覺呢？

但是這條鯽魚，鹽村可不想收留下來。阿守嚷著要養牠的時候，真該不顧一切拒絕他的要求。

然而，現在也不能再多說什麼了。要是現在表示反對，反而引人懷疑吧。反正阿守還是孩子，馬上就會厭倦的。等到他對鯽魚失去興趣時，趕緊丟到河裡去吧。

鯽魚的臉上毫無表情。

那雙魚眼跟鯉魚旗上的魚眼一樣，圓溜溜的，好像黑塑膠布剪成的圓球貼在臉上似的。側面望去頗有威嚴，但是從正面望去，簡直就跟那獨裁宰相吉田茂[2]的臉孔一模

---

2 吉田茂（一八七八—一九六七）：曾於一九四六至一九四七年及一九四八至一九五四年期間擔任日本首相，以強人形象著稱。

模一樣。

鯽魚那深藏不露的表情一副老奸巨猾的模樣，只見牠的嘴脣開開闔闔，好像正在嘀咕「啊噗啊噗」。鹽村從鯽魚的正面凝視著牠，他自認鯽魚已經看到了自己，但或許因為腦中那段記憶已經消失，他覺得那雙黑塑膠布魚眼既不像在說：「哎呀！好久不見！」也不像在說：「唷！你好啊！」他從魚眼裡完全看不出露子究竟想要說些什麼。

那個星期天就在鯽魚掀起的混亂中過去了。

阿守認為家裡再也找不到更大的容器，便向母親預支自己的零用錢，在附近金魚店花了三千五百圓，買來一個四方形大魚缸。金魚店的人還告訴他，自來水不能直接裝進魚缸，必須先讓水沉澱半天或一天，要不然就得投入「海波」除氯劑，調整水質之後才能養魚。

阿守按照店家教他的方法，先把自來水裝進魚缸，再丟進兩顆紅豆大小的白色「海波」，攪拌一番之後，才把鯽魚移到魚缸裡。不知為何，鯽魚突然拉出一大堆多得嚇人的魚大便。

魚大便的粗細就像那種插在筆記本裡的小鉛筆，分量簡直多得不得了。

「鯽吉，你膽子好大啊。」

鹽村低聲對鯽魚說。他以為身邊沒人，誰知老婆竟然站在身後。

「你給牠取名叫作鯽吉啦？」

聽到妻子提出疑問時，鹽村嚇出一身冷汗。

就在這時，玄關的門鈴響起，收報費的人來了。《朝日新聞》收費員是個樸實的老婦，就連電鈴也不敢按得太用力，講起話來總是低聲細語，《讀賣新聞》收費員就不一樣，按起門鈴來響得不得了，簡直像要毀了電鈴似的。

魚缸暫且放在玄關的鞋櫃上，鯽吉似乎對那讀賣的收費員不太滿意，突然在缸裡猛烈地來回翻滾起來，差點就要從缸裡跳出來。

魚缸水立刻濺得玄關到處都是，鹽村連忙拿抹布來擦拭，但或許因為水裡混了「海波」，貼在玄關進門處台階和牆上的柚木片，竟已被水漬弄得模模糊糊，連花紋都看不見了。

鹽村想起當初買房時多虧自己堅持「大門非常重要」，並花了好大一番工夫，才讓建商收回「用三夾板就行」的建議。現在看到柚木板被弄成這樣，心中不禁升起一陣怒火。露子應該不是想用這種方式來洩恨，不過鹽村已被激怒，血壓好像也變高了。

飼養這條鯽魚還真不是一件簡單的事呢。

魚缸水很快就變髒了。因為魚大便拉得非常多，還有吃剩的魚飼料泡在水裡，把缸裡的水弄得十分混濁。鯽吉在那髒水裡，不斷翹著嘴唇在魚缸四角敲出咚咚咚的聲音，無數細小的泡沫被牠吸進去又吐出來，看來像是陷入了缺氧狀態。

魚飼料原本就是顆粒狀，餵起來也很方便，不過鯽吉好像對那顆粒狀的東西不感興趣。每次餵食之前，必須先用指尖捏碎，牠才肯吃，但是捏碎的粉末很容易弄髒缸裡的水。

阿守買了一本《日本白鯽釣魚百科》回來研讀。他肯花心思研究，原是一件好事，但他唸完之後卻說了一句嚇倒鹽村的話：

「鯽吉好像是我們的親戚唷。」

細細追問後才明白，阿守這話並沒什麼特別的含意，只因魚類跟人類一樣，也是脊椎動物，魚鰭就相當於人類的兩腳，人類則是陸地上最早的脊椎動物罷了。所以從進化的角度來看，人類跟魚類的關係，比人類跟陸上其他四腳動物的關係更為接近。

聽了阿守的說明，鹽村覺得鯽吉那張魚臉好像懷著滿腹心事的感覺。

「我全都知道喔。」

鯽吉的表情似乎正在對鹽村說這句話。

鯽吉知道，他曾買來一本歌詞，跟著露子練習那首八代亞紀的〈舟唄〉[3]，因為這首歌在家裡總是唱不好，而他又不想到卡拉OK吧去丟人現眼；鯽吉也知道，他洗完澡光著身子，擺出太極拳的姿勢惹得露子哈哈大笑，鯽吉還看過他們當場相擁上床的鏡頭。

幸運的是，鹽村的老婆三輪子天性豁達，鯽魚剛剛出現的時候，她雖然覺得有點彆扭，但才過了三天，她就把鯽魚當成廟會買來的金魚，總是態度平淡地給魚餵食飼料，也沒再特意重提鯽魚的來歷。

3　八代亞紀（八代亜紀，一九五〇—）：本名增田明代，日本演歌歌手。〈舟唄〉即「船歌」，發表於一九七九年，為其生涯代表作。

全家人當中，只有大女兒真弓對那鯽魚表現出非常厭惡的樣子。從牠來了之後，家裡變得好腥好臭啊！真弓說著，還把臉轉向一旁，似乎根本不願看到那條鯽魚。儘管她的視線不願轉向鯽魚，卻又總是窺視著鹽村的表情，像在挑釁似地跟父親頂嘴。

白天上班這段時間沒什麼特別的感覺，但是回到家裡，在起居室坐下來後，鹽村立刻就能感到心頭的重壓。尤其是全家人坐在一起吃飯的時候，他的視線就不自覺地轉向電視旁那個鯽吉的魚缸。

他總是覺得，除了全家人之外，好像還有另一條，不，還有另一個人，也在家裡，所以他始終無法放心。不知是否因為這個理由，鹽村的右頸肌肉變得又硬又痛。而那個魚缸，正好就放在他的右側。三輪子一面幫他按摩脖頸一面問道：

「魚缸要不要換個位置？」

「不是因為魚缸啦。」

「是嗎？可是你整天都瞪著那條鯽魚唷。」

老婆說著使勁往他脖上的穴位按下去，有時甚至用力得讓他從椅上跳起來大嚷：

「好痛！」

鹽村覺得啤酒的滋味沒有從前那麼好喝了，下班回家對他來說，變成了一件苦差事。

鯽吉那雙黑塑膠布魚眼仍像以往一樣，看不出牠在想些什麼。三輪子的眼珠則跟突眼金魚的膚色那樣，略帶褐色，鹽村也看不出她腦中在想些什麼。就連從前總是對自己察言觀色的露子，鹽村現在也弄不懂她那雙眼珠裡究竟包含著什麼想法。

鯽魚來到鹽村家的第二個星期天，他向阿守提議一起去散步。

「我們到從來都沒去過的地方散散步，你會不會不喜歡？」

鹽村問他兒子。

「不會呀。」阿守說。

於是，父子倆什麼話也沒多說，就從池袋一起搭上巴士，坐到椎名町下車。露子的公寓就在附近。

自己究竟為什麼要做這種事？鹽村也很難說得清楚。把孩子帶到已經分手的女人公寓來，這是一種什麼行為，他心裡非常明白。但儘管心知肚明，他卻無法不做這件事。

阿守跟平時一樣，一句話也不說，沉默著緊跟在父親的身後。不一會兒，那間令人眼熟的超市出現在眼前，接著，又看到了蔬果店、魚店。和服店隔壁那家茶葉店，還是跟一年前一樣，門外瀰漫著陣陣翻炒茶葉的香味。他現在想做的這件事，有點像把鹽巴抹在自己的傷口上。

鹽村懷著熱辣辣的心情穿過商店街，拐進那間公寓坐落的小巷。他已經到這兒來過四十回或五十回了，如果現在露子從公寓出來，兩人剛好在這兒碰到的話，要對她說什麼呢？鹽村實在想不出答案。

以前每週都到這兒來，前後大約持續了一年的時間，公寓裡有些鄰居都已面熟了。鹽村不想碰到這些熟人，故意繞到公寓側面，從那兒仰望二樓從最裡面數起的第二扇窗戶，那就是露子的房間。

露子好像已經搬家了。因為晾在那扇凸窗裡的衣物，一望即知，是屬於二十多歲年輕夫婦和嬰兒的東西。

鹽村發現阿守也跟自己一樣，正把視線投向露子住過的那間公寓窗戶。但是阿守很快就把臉孔轉向一旁，也跟平時一樣，什麼話都沒說。

這是極限了。

鹽村心裡明白，再靠近一步將會帶來危險，但同時又想把自己逼得更慘一點，他要帶領現在負責照顧鯽吉的阿守，在一年前的舊日戰場上，來一次最後的巡禮，鹽村覺得這樣才算對得起阿守，也才能向露子贖罪。

錢湯隔壁的隔壁是一家咖啡店。鹽村走了進去。以前跟露子一起洗完澡，兩人必定會進來喝杯飲料。

咖啡店老闆看起來大約六十歲，正坐在一年前相同的座位翻閱賽馬報紙，臉上的表情也跟一年前完全一樣。

一看到鹽村，老闆舉起一隻手臂，似乎想要說什麼，但立刻看到緊隨身後的阿守，老闆又閉上了嘴，放下手臂。

鹽村走到以前跟露子一起坐過的老座位坐下，故意要讓老闆聽見似地大聲向阿守問道：

「爸爸要喝咖啡，你呢？」

「蘇打水。」

老闆露出訝異的表情望向鹽村。因為露子以前也總是愛點蘇打水。

父子倆默默地喝著咖啡和蘇打水，老闆假裝專心地讀他的賽馬報紙，卻不時偷偷轉眼瞧著這對父子。

「過得還好吧？」

結帳時，鹽村一面付錢一面問老闆。

他故意省略了主詞的「那個人」，不過老闆好像也聽懂了。

「喔，大概過得不錯吧。」

從那以後的這一年當中，露子的身體上每天究竟發生過什麼事？已經找到陪她一起到錢湯洗澡，洗完之後，還會陪她到這裡來喝蘇打水的男人了嗎？老闆把零錢遞給鹽村之後，重新把視線投向賽馬報紙，鹽村從他嘴裡再也打聽不出任何訊息了。

但從老闆的表情看來，露子對自己似乎並沒有恨意。就算她對我懷恨在心，也沒辦法啊。所以說，露子搬家時把鯽魚偷偷送到自己家來，只是因為心中懷有些許埋怨，也可能只是覺得：「以後就讓你來養牠吧！」這種推論當然有點自以為是，但鹽村希望事實就是這樣。歡愉的時刻既然欲死欲仙，悲傷的瞬間自然也該懂得自我寬解。就讓我負起善待鯽吉的重任吧。我一定極其慎重地餵養牠，一定讓牠長命百歲。到了我沒法再養下去的時候，還可以把牠帶到露子的老家霞浦去放生呀。鹽村在心底盤算著，將來要把鯽吉放生的時候，也不要帶上老婆和真弓，還是只跟阿守兩個人一起去吧。

回家的路上，阿守還是一句話也沒有。

記得大約阿守五歲的時候，有一次，鹽村帶他去看棒球。

「阿守，你跟爸爸到哪兒去了？」回家後，母親問他。

「看電視。」阿守回答。

直到現在，他們全家仍然常常提起這件事，不知阿守今天會怎麼應付他母親？到時候又把我的傷口刺得火燒一般疼痛吧？一路上，鹽村不斷思考這個問題。不料，當他走進家門時，竟看到鯽吉漂在水面上。

「你們倆剛出門，牠就把嘴伸出水面，好像在喊『啊噗啊噗』，不一會兒，『啊噗啊噗』又變成了『啊噗噗啊噗噗』，再仔細一看，牠竟身體一歪，連嘴巴也完全不動了。」

我也不知道怎麼辦，只好這樣放著等你們回來。母親向大家說明的時候，阿守一直用眼瞪著母親，也不知他究竟有沒有聽到母親說些什麼。

鯽吉睜著兩個圓圓的眼睛浮在水上，那雙魚眼看起來就跟鯉魚旗上的魚眼一樣。漂浮在水面的身影顯得十分悠閒自得，層層相疊的扇型鱗片仍然閃著夕陽的色彩，一點都沒褪色。

鋼琴的聲音停了，真弓站了起來。

「鯽魚啊，斷氣的時候一點聲音都沒有呢。我還以為牠會掙扎一番，嘩啦嘩啦把水攪出來，結果什麼都沒有。」

鹽村裝出平靜的聲音說：

「所以，也沒有留下遺言嘍。」

說完，他發出幾聲淺笑。

儘管心裡有點悲哀，鬆了口氣的感覺卻更強烈。「哎呀，這下解脫了。」他想。

露子跳進霞浦湖漂浮在水面的身影雖然從眼前一閃而過，鹽村卻又譏笑自己太過自戀，而把那形象掃進心底的角落去了。

阿守突然冒出一句話。

「媽，不會是妳把清潔劑倒進去了吧？」

「你胡說些什麼？媽媽為什麼要做這種事？別亂講！」

好脾氣的三輪子倒豎一雙凸眼金魚似的眼睛，看起來變成了三白眼，但她突然又變回平日的語調向阿守問道：

「你跟爸爸到哪兒去啦？」

阿守沒說話，把手伸進水裡戳了鯽魚一下。

鯽魚仍然歪著身子。牠已經不再是魚，而變成另一種正在載沉載浮的東西。

「喂，你跟爸爸到哪兒去了？」

阿守又用手輕輕戳著鯽魚，把牠戳到水底。

「汪！」

他發出一聲狗叫。

幸運神

這習慣究竟是從什麼時候養成的？就連石黑自己也想不起來了。有時他甚至覺得這種行為實在太蠢，真想就此打住算了，但他同時又想到，每天早上都做的事，突然停下來，說不定會給自己帶來厄運吧？想到這兒，雖不是為了招來好運，他又跟平日一樣，悄悄把視線投向前方。

十字路口有間外型小巧的水果店，每天一大早就開門了。石黑出門上班的時候，水果店的玻璃門早已敞開，貨架上陳列著蘋果、夏柑，緊靠貨架內側更高的櫃台上，老闆總是坐在那兒翻閱報紙。

老闆的年紀跟石黑相仿，看來大約五十出頭。石黑朝店裡悄悄瞄了一眼，老闆就像早已等著這一刻似的，從報紙上抬起視線，狠狠地瞪了石黑一眼。就是這麼簡單的一件事。石黑覺得好像是從自己當了部長，搬到附近的宿舍之後開始的，所以，應該已經持續五年了吧。

再這樣持續下去，實在有點不正常。但有時看不到老闆坐在店裡，石黑心裡又覺得有點放不下。

「幸運神那傢伙，到哪兒去啦？」

他忍不住會向店裡偷偷張望。

幸運神是石黑給老闆取的外號。他自己家人都有白髮的遺傳因子，近來這五年，他的鬢角周圍已經變得有點花白。而那老闆卻是個天生的禿頭，頭頂中央還長成尖尖的形狀。

石黑認為這事兒是老闆先挑起來的。因為他狠狠望向自己的視線裡，含有某種執著。說它是敵意嘛，又不像，而且那麼說的話，顯得太誇張，說它是挑釁嘛，看起來也沒那個意思。總之，只能說那視線裡含有某種令人不放心的東西。

反正對石黑來說，每天早上要是不悄悄地偷瞄一眼幸運神，然後也被那幸運神狠狠地瞪上一眼，他的一天就沒法正式展開序幕。

石黑經過那家商店門口的時間，固定是在八點零五分。

因為每天走出家門的時候，起居室的時鐘剛好在他背後敲響八下。從家裡到公司只需花費四十五分鐘，他根本不必行色匆匆地快步趕路，但是石黑這個人天生就不懂得放慢腳步，也不知為什麼，總覺得有誰在背後追著自己似的。偶爾出門散散步，他也總是死趕活趕地弄得滿頭大汗。

「你這個人啊，連散步也不會。」

老婆總是一面怨忿地埋怨著，一面氣喘吁吁地從後面追上來。但是沒辦法，石黑天性如此，對於這件事，他也覺得無可奈何。

冬天走得這麼快，倒也無所謂，但是夏天這樣匆匆走到車站，總是弄得他汗流浹背。而幸運神的水果店這個位置，剛好就在整段路程的中間點，所以石黑總是在這兒悄悄地偷瞄幸運神一眼，然後掏出手帕拭去頭上的汗水。

石黑天生就是這種怪脾氣，只要下定決心去做一件事，若不能每天早上都辦完這件事，心裡就覺得不踏實。儘管他也覺得這種習慣令人厭惡，但要是哪天沒跟幸運神互相對看一眼，他整天都會坐立不安，好像丟了魂似的。

每天早上堅持執行的這套儀式，就連石黑自己也覺得不正常，然而每天下班回家的時候，他卻又對幸運神一點興趣也沒有了。

石黑所屬的部門在公司並不熱門，不過有時下班之後，還是得去參加一些聚會。就算能夠按時下班，當他經過店外向內偷窺時，幸運神多半都不在店裡。或許是去洗澡了吧。這時坐在幸運神座位上的，是他的老婆。女人看來性格很開朗，跟她那個整天板著臉孔的老公完全不一樣。老闆娘雖然算不上美女，應付顧客卻很有一手。石黑從沒看過幸運神跟顧客互動，他老婆坐在那兒的時候，店裡通常都有客人。有時還看到她咧開大嘴笑著跟客人閒聊。

有時，幸運神的兒子也會代替老闆娘坐在店裡。年輕人的年紀大約二十歲上下，看起來比石黑的大兒子大了兩、三歲，長得簡直跟幸運神一模一樣。

「你們等著瞧吧，再過三十年，那傢伙肯定就是另一個幸運神。」

石黑曾向家人做出評語，惹得全家都大笑起來。

雖說是「全家人」，其實只有老婆和一個兒子，全家三人而已。

最近五年之間，石黑的生活也曾出現過一些微妙的起伏。

大約是他搬家後過了一年左右的時候吧，那個當了公司董事的大學學長，不知為何，總愛拉他一起去喝酒。那段時期，石黑每晚都陪著學長到酒吧或會所消磨時光，然後再由叫來的包車把他送回家。

石黑很想讓幸運神見識一下自己坐包車回家的模樣。他的酒量並不好，每次回來的車裡總是醉得搖來晃去，但是車子一開到水果店那個轉角，他就會醒過來，從車窗向外張望。不過幸運神的水果店通常都已經打烊了，這使他感到非常失望。有時水果店雖然還沒關門，可是幸運神或許沒看到車裡坐的是石黑，臉孔總是剛好轉向一旁，從沒跟車裡的石黑打過照面。

這種得意的日子大約持續了一年左右，董事的酒宴弄得太過招搖，最後牽連到石黑，讓他也跟著遭了殃。石黑又像從前一樣，幾乎天天五點準時下班，然後立即打道回府。就連喝酒，也只能每週到廉價小酒吧去喝一次了。

當他志得意滿的那段日子裡，每次看到幸運神鼻上掛著老花眼鏡，滿臉專注地翻閱報紙時，心中不免輕蔑地想：

「你一個開水果店的老頭，能看得懂社論嗎？」

不過現實很無情，等到他的景況不像從前那麼志得意滿時，石黑又變得很自卑，甚至還曾覺得：

「那傢伙都不必擔心退休以後的日子，好羨慕啊。」

儘管每天早上都會碰面，石黑卻從來沒在幸運神的店裡買過東西。

石黑是個大男人主義的丈夫，他覺得像購物之類的事情，應該交給老婆去辦，只有香菸和週刊，他才肯自己去買，不，就算他對購物有興趣，大概也不會到幸運神的店裡去買東西。因為石黑心裡認為，既然幸運神是做生意的，當然應該是他主動先向自己打招呼才對呀。

石黑的老婆似乎也感受到老公這種想法，也很少到幸運神的店裡去買東西。

「他們家的貨品雖然不多，品質還不錯唷。價錢也算公道。」

妻子嘴裡這麼說，卻還是在車站前的超市購物。

石黑的老婆不知道兩家男主人每天早上都要彼此互看一眼，但她根據自己的感覺，似乎對這件事早已瞭然於心。

有一天卻出現了意外狀況。

那天是放假日，石黑夫妻倆一起出門到朋友家去作客。應該帶點禮物去吧。兩人一路商量著走到幸運神的水果店前面。老婆突然扯著石黑的衣袖說：

「比超市便宜五百元唷！」

她說的是香瓜的價錢。

說完，不等石黑回答，她就走進店裡。「幫我包成禮物吧。」石黑的老婆對幸運神說。

幸運神呆了一秒，立刻恢復平時的表情，從貨架上拿下一個紙盒，動手包了起來。

但他包裝的技術實在太糟糕了，而更糟的是，那張包裝紙看起來破爛不堪。

「喂！」

石黑用手戳了老婆一下。他是想告訴妻子：別買了，那種包裝，看起來太廉價啦。石黑的老婆露出有點為難的表情，不過她天生就很善於處理這類情況。

「對不起，那戶人家，有人吃了瓜類會長蕁麻疹。」

說完，又和藹可親地向老闆表達歉意說：真不好意思，還讓您幫我們包起來，白費工夫了。石黑不禁暗自感嘆：她這藉口說得可真好！幸運神的臉上浮起憤怒的神情，氣呼呼地扯破了包裝紙，弄出一陣很大的聲響，然後把紙扔到一旁。

或許因為自己心裡有鬼吧，從那天之後，石黑感覺每天早上幸運神的眼神好像比以前更兇狠了。

任誰都看得出來，最近半年以來，幸運神的臉色愈來愈糟。

儘管這男人的臉型輪廓長得一無是處，唯有皮膚的光澤卻很滋潤，一般年輕時就禿髮的人，大多都會像他這樣，整張臉孔就像用清潔打光布擦過似的，看起來總是油光閃閃，幾乎跟他店裡販賣的蘋果一樣光亮。

然而，這麼閃亮的一張臉，如今卻愈來愈顯消瘦。

那張臉就像沾了一層煤灰似的顏色。

「幸運神那傢伙，是不是生了什麼病啊？」

石黑記得自己向老婆提出過這個疑問。

又過了一段日子，幸運神從店裡消失了。

換成他老婆和兒子輪流坐在那兒看店。

難道是去住院了？石黑暗自納悶著。但是大約過了一個月，幸運神重新出現在店裡坐鎮。

只是臉孔和身體，整個都小了一圈。

每天早上，幸運神狠狠瞪石黑一眼的眼中，已經不再閃出光亮。他的面前依然攤著一份報紙，有時只是翻開放在那兒，眼睛卻呆呆地望向天空。石黑悄悄偷瞄他的時候，幸運神也不再轉眼回顧。

任何人都看得出幸運神顯得疲累不堪，但他不肯放棄照看店面。不久，他的臉色開始發黑，臉上現出許多皺紋，看起來就像個老太婆。

「因為身邊都是水果嘛，憔悴的模樣也就更醒目了。」

「像蘋果之類的水果，有時也會變成那樣唷。要是放進冰箱忘了吃，一個月之後就變得跟幸運神一樣。」

說到這兒，石黑的老婆好像也發現自己形容得有點過頭了。

「你還是去做個全身檢查比較好吧。」

她立刻話鋒一轉，把題目移到了不喜歡看醫生的石黑身上。石黑心裡想，女人這玩意兒，有時說起話來真的很殘忍。

兩人才說完這話沒多久，幸運神的店門周圍便掛起了辦喪事的黑白條紋布幕。

石黑走出家門的時候，耳中依舊聽到起居室的八響鐘聲從背後傳來。儘管時間還很充裕，他卻拱起背脊急急忙忙往前趕，趕在八點五分的瞬間從幸運神的店門前通過。

情況還是跟以往一模一樣，石黑卻覺得緊張感好像消失了。那種偷偷朝幸運神偷瞄一眼的樂趣，也不復存在。

現在代替幸運神坐在店裡的，是他的老婆。那個跟幸運神像是一個模子做出來的兒子，也跟父親一樣攤著報紙坐在那兒，但他不會轉過臉來，朝石黑瞪上一眼。

幸運神那傢伙雖然令人厭惡、礙眼，但石黑覺得跟他互看一眼，就像兩名武士在早晨舉刀比武，會給自己帶來某種「一天即將展開序幕」的緊張感。

別的不說，石黑每天都得跟幸運神交換視線之後，才會掏出手帕擦汗，現在這場戲卻少了這一段，害得石黑也莫名其妙地手足無措起來。

萬事只要出現一個缺口，其他部分也就跟著動搖。原本石黑以為退休後可以獲得的另一個差事，最近聽說不太有希望了。

以前他對大學同學向來懶得理會，現在卻開始考慮，要不要在同學會露個面，仗著從前的交情拜託同學幫忙？

這天，石黑正在辦公室裡暗自盤算，卻突然接到家裡打來的電話。

「你得跟我到一個地方去，今天下班之後，立刻回來唷。」電話裡，老婆的聲音似乎正努力保持平靜。

到哪去？怎麼回事？石黑問。等你回來再說啦，老婆說。離下班還有一小時，石黑實在等不到那個時候了。不要緊，妳說吧。他一面擔心周圍同事聽到，一面焦躁地說。

老婆沉吟半晌，才開口告訴石黑說，兒子在別人店裡順手牽羊啦。接著，石黑仔細詢問後才知道，原來，是他兒子和朋友半開玩笑地在幸運神的水果店裡偷了蘋果。如果只偷了蘋果倒也好辦，誰知被人發現後，他兒子匆匆逃向店外時，不小心撞倒了其他客人的腳踏車，而那輛車竟把水果店的玻璃門撞破了。

石黑的兒子是他結婚第五年才盼來的寶貝，在學校唸書的成績一向不錯，石黑對這個兒子也很放心，現在兒子馬上就參加大學入學考試，竟然幹出了這種糊塗事。而且還是在幸運神的店裡。石黑想到這兒，感覺全身熱血一下子衝上腦門。

「其實只要我一個人到他們家去俯首認罪，也就行了。可是你每天早晚都會見到他們嘛，最好能跟我一起去一趟，去給老闆燒一柱香吧。」

「知道了。我馬上回去。」

石黑說完，正要掛斷電話，老婆又低聲叫住他。

「總不能空手去吧？可是，又不能帶個香瓜去送給水果店啊。」

呵呵呵，老婆說著，輕聲笑起來。

「最中餅或者羊羹都行吧。」

石黑一面說一面覺得女人真是令人難以理解，這種時候，居然還笑得出來。

「站在門口不方便，請進來吧。」

在幸運神的妻子催促下，石黑和他老婆第一次走進幸運神的家裡。一踏進起居室，石黑忍不住嚷了一聲：「啊！」

只見那小型佛壇的周圍，三面牆壁的前面都擺著高達屋頂的書架，架上堆滿一本一本厚重的大書。從那充滿霉味的氣息，還有跟麵包皮的顏色一樣焦褐的書背可以看出，這些全都是古籍，而且好像都是初版或珍本。

幸運神的妻子似乎發現石黑的臉色非常嚴肅，便笑著對他說：

「我一天到晚跟他念叨，家裡這麼小，隨便找人賣了吧。孩子他爸也說，馬上就賣，馬上就賣，結果還沒賣掉他就先走了。」

幸運神的妻子一面把遺像黑鏡框上扭曲的蝴蝶結弄正，一面說：

「大概是因為念舊吧。這些都是他父親留下的紀念品。」

「府上老爺的父親是老師嗎？」

「開舊書店的啦。」幸運神的兒子插嘴答道。

「神田的神保堂。」

神田的神保堂！

石黑感覺身上的某處似乎被一根小針扎中了似的。

小時候，有一種零食叫作小氣球羊羹，是一種灌進羊羹的小氣球，看起來就像一根小香腸。如果把針戳進氣球頂端，有趣的事情發生了，氣球噗地一下破掉，裡面的羊羹立即砰地一下飛躍出來。

對石黑來說，「神田的神保堂」就像那根戳破小氣球羊羹的小針。

「你跟那家書店認識？」

石黑的老婆似乎感覺到什麼。

「也談不上認識啦，只記得學生時代好像進去逛過。」

是嗎？原來如此。

幸運神的妻子和他兒子齊聲答著點點頭。

「也算是有緣吧。」

石黑的老婆意有所指地說完，用手在他屁股上戳了一下，好像在向老公發出指示：「你過去上香祭拜呀。」她似乎打算先爭取幸運神家屬的同情，才好讓兒子罪減一等。

石黑走上前，在佛壇前雙手合十。

黑邊鏡框裡的幸運神，看來就跟他看店時的表情一樣，只見他狠狠地瞪著石黑，好像在對他說：無聊！

三十年前，石黑曾在神保堂順手牽羊而被當場抓個正著。

那是他唸大學三年級的時候。

一天，因為事先跟兩、三個朋友在水道橋鐵道下的小攤上喝了幾杯梅乾燒酒加熱水，趁著酒興，大夥兒就想找點刺激的事幹一場，儘管大家都是第一次偷竊，結果卻只有石黑一個人被老闆逮到。

石黑偷的是一本很舊的英日字典，或許因為他表現出「付錢總可以了吧」的態度，神保堂的老闆就是不肯聽他辯解。

那天晚上吹著強勁的大風，天氣非常冷。

神保堂老闆一面把手放在煤球暖爐上烤著，一面像唸經似的很有節奏地嘮叨個沒完，看來他對這類訓話早已駕輕就熟。或許因為頭頂很冷，老闆的頭上戴著一頂舊毛線編織的雜色毛線帽。

跟我們家的茶壺墊織的一樣嘛。石黑記得自己一面聽訓一面還在心底暗笑。

就在這時，書店的玻璃門被人拉開，一名大學生走進來。石黑感覺自己全身突然熱了起來。

他以為自己只是初犯，老闆應該不會把自己拉到警察局。而且老闆跟自己父親的年齡差不多，就算被老頭數落一陣，臉上雖然掛不住，倒也不是無法忍耐。

然而，現在被這年紀相仿的學生看到自己這副德行，卻讓石黑羞愧得無地自容。不僅如此，那學生只瞥了一眼，就像是看穿一切似的毫不在意地向內室走去。石黑呆站在那兒，學生狠狠瞪他一眼之後，越過老闆身邊，登上內室的門檻。原來是老闆的家人。石黑這才發現學生是老闆的兒子，羞愧令他全身再度發起燒來。而當年那位老闆的兒子，原來就是幸運神！

或許因為石黑親自來到幸運神的佛壇前祭拜，而且他從前就已認識神保堂，所以他兒子引起的糾紛最後總算大事化小，圓滿解決了。

「那神保堂現在怎麼樣了？」

「那間店面已經賣給別人了。」

幸運神是老闆的獨子，原本應該由他繼承家業，但他在大學即將畢業時患了肺病。呼吸器官的疾病最怕接觸舊書的潮溼與灰塵，幸運神的父親不但叫兒子到外地接受療養，甚至還告訴兒子，我們家的舊書店就開到我這一代為止吧。

那時誰都不知道幸運神的肺病能不能治好。後來，他是靠著喝牛奶和吃水果，才把病養好的。等他的身體完全恢復後，父親建議道：「你乾脆開一間牛奶店或水果店吧？」

「他那個人很喜歡讀書寫作，直到臨走前一星期，他還很認真地寫日記呢。」

說這話時，幸運神的妻子露出自豪的神情。

從幸運神的水果店回家的路上，石黑發現自己的腳步變慢了。

一路上，他老婆不斷嚷著，還好沒有為難我們，真是太好了。石黑的心情卻很沉重。一個人的心底若是拎著重物，腳底好像就快不起來了。

幸運神是知道的。他用執著的眼神狠狠地瞪著自己，原來是因為這個理由。

不過，從他老婆和兒子的談話裡聽來，幸運神似乎並沒把這一段告訴家人。只是他兒子說了一句話，令石黑十分在意。

「父親每晚必定要寫日記，字體都寫得很小很小。等辦完父親的撿骨儀式後，我打算找時間慢慢讀一下。」

日記裡肯定記了這一段。那個男人今天早上也從我們店門前面經過。就是那個三十年前被父親抓到的扒手。可能因為心虛吧，那傢伙總是偷偷地看我一眼，然後從門口走過。

石黑家距離幸運神的水果店很遠，兩家並不在同一個町裡。石黑的兒子偷蘋果這件事，他已向老闆娘低頭認錯，並且拜託他們保密，只要經過一段時日，大家就會把這件年輕人一時糊塗幹出的醜事拋到腦後去的。

然而，幸運神的兒子總有一天會去翻閱那些日記。

當他發現，順手牽羊的父親有個順手牽羊的兒子，就會覺得這簡直是個天大的笑話。

想到這兒，幸運神老婆那兩片看似饒舌又轉動靈活的薄唇浮現在石黑眼前。萬一從前那段醜事在鄰里間傳播開來可就糟了。

石黑在金錢和女人兩方面從沒留下過不好的紀錄。因為他沒有那麼大膽。另一方面，也因為他的紀錄良好，所以就算名片上並沒印著什麼大不了的職稱，石黑在老婆和兒子面前，永遠都能抬頭挺胸，問心無愧。

三十年前偷書那件事要是鬧出來，支撐在他背後的那根柱子就算是斷了。以後還怎麼做兒子的表率？更何況，他更不願意在今後二、三十年的人生裡被老婆看不起。乾脆還是搬離這個地區吧。石黑在心底做出了決定。

石黑在立川的郊外看中了一間公寓，又向公司預支一筆退休金，當作購屋的訂金。走上歸途時，他心裡充滿了放膽揮霍後的疲累，兩腳有氣無力地拖著步向前邁進。走到街口的轉角，剛好看到幸運神的兒子正在準備打烊。以前幸運神的時代，水果店可從來都沒這麼早就熄燈呢。

「上次打擾了。」

石黑點點頭打個招呼。剛從水果店門口走過，卻突然想起一件事。

新房子的訂金已經付了，自己遲早都會離開這塊土地，以後跟幸運神一家就完全扯不上任何關係了，但他在離開之前，還是希望感情上能做個了斷。

「怎麼樣？一起去喝杯酒吧？」

石黑拉著幸運神的兒子一起走進附近一家小吃店。

店裡只有一張櫃台，最多只能坐七位客人。老闆雇來的媽媽桑是個瘦得像狐狸般的女人，趁著店裡沒有其他客人，她正張大了嘴，用小手鏡照著嘴裡的臼齒，並用牙籤挑著牙垢。牙籤的尖端沾著女人的口紅，給人一種慵懶的感覺。

「怎麼樣？日記已經看了嗎？」

「喔，只看了一點點。」

「是嗎？」

話說到這兒，接不下去了，石黑只好拿起酒杯喝一口。幸運神的兒子好像很愛喝酒，才喝了幾口，臉上就閃著油光，好像剛用清潔打光布擦過似的。他明明還很年輕，頭上的髮絲卻已開始變少，尖尖的頭頂看起來就像晒乾的蜂屋柿[1]，顯然已有晉升幸運神第二的資格了。

「日記裡寫了什麼有趣的事嗎？」

「沒有啊。」

幸運神的兒子拿起石黑給他斟滿的酒杯一飲而盡。

「雖然沒寫什麼有趣的事，卻有些事令人放不下。」

「什麼事呢？你說的那件放不下的事。」

現在不管聽到什麼，石黑根本不會害怕。因為他馬上就要從這地方搬走了。

「既然他那麼在意，那時親自問你就好了嘛。」

說著，幸運神的兒子露出一絲笑容。

「父親在日記裡寫啊，那個人難道認識我嗎？以前在哪裡見過我嗎？可是我不記得自己見過他呀。」

石黑簡直不敢相信自己的耳朵。

幸運神已經忘了我。日記裡也沒提到我。

1 蜂屋柿：岐阜縣特產品種的柿子，果實呈倒鐘型，尾端形狀較尖。

「是呀，他在日記這樣寫著呢。」

石黑心底的警鐘又轟然響起。

「水雞今天早上又從門口走過，父親在日記裡寫著。」

水雞。

石黑一時想不通「水雞」的含意，不斷低聲重複著：「水雞，水雞。」

「真抱歉，是父親給您取的外號。」

幸運神的兒子用手指蘸著杯裡的酒，在櫃台桌面寫了「水雞」兩字給石黑看。

「您聽說過嗎？這是雞類的一種，身體要比普通的雞小兩圈，聽說走起路來總是急急忙忙往前衝。」

說完，他又向石黑低頭致歉說了聲：「對不起。」原來幸運神根本不知道石黑是誰，只是因為看到他向前俯衝的走姿，才給他取了這個外號。

這時，櫃台裡的女人好像被牙籤戳中嘴裡那個蛀牙洞的神經了。

「啊唷！」

女人呻吟一聲，整張臉都痛得皺起來。

三角波

電線上站著兩隻鴿子。

先是一隻從空中翩翩飛下，接著，另一隻也緊追而來，兩隻鴿子相伴佇立，中間相隔一隻鴿子的距離。電線微微搖動，兩隻鴿子的身體也像乘風破浪似地搖來搖去，好不容易等到晃動靜止下來，其中一隻鴿子便開始用嘴梳理身上的羽毛。

「是一對情侶呢。」

卷子把額頭緊貼在玻璃窗上向下俯視，心頭湧起一陣喜悅。

看了一會兒，她發現那隻正在整理羽毛的鴿子身體比另一隻小一點，肩膀比較纖細，身體也比較渾圓。

玻璃窗位於大樓的五樓，是卷子的辦公室女廁的窗戶，她對那塊四方形的窗外景象早已十分熟悉。

只見證券公司的高層建築和住商混合大樓像雨後春筍般地密密麻麻聚在一塊兒，左邊的證券交易所簡直就要被這群高樓建築壓倒似的。高樓區和交易所之間那片低窪地帶上，許多低矮的建築依舊頑固地聳立在那兒。現在這個季節，蔚藍天空裡原該堆滿乳白的雷雨雲，然而眼前的景象卻被籠罩在沉重的霧霾裡，街頭全被染成一片深灰。

這幅風景其實應該令人覺得挺沮喪的，但或許因為卷子的心情很好，而且從明天起就再也看不到了，她竟覺得眼前的風景充滿雅趣，看起來滿不錯的。她在這家公司已經工作了三年，每天都要走進這間廁所三、四回，卻從來都沒注意到窗下這條電線，更沒發現鴿子會飛到這兒來休憩。說不定還有其他沒注意到的東西吧？卷子一面思索一面繼續眺望窗外。

辭職生效的日期是昨天。同事也已給她開過歡送會，大家合唱的那首〈螢火蟲之光〉，讓她當場哭得淚眼迷濛，結束時，她還跟大家一一握手告別。不料今天又厚著臉皮跑回公司，卷子覺得實在沒面子。但她的失業保險手續還沒辦完，所以不得不來一趟。

「咦，妳又來了？」

同事看到她嚷了起來。

「我才不想幹這種事呢。等於就像在月台說完再見，才發現火車班車取消了。」

說完，卷子又真心誠意地拜託同事：我去新婚旅行的時候，妳可千萬不要來送行啊。卷子的婚禮預定在明天舉行。

兩隻鴿子還是像剛才一樣，中間隔著一點距離，站在電線上。

如果是一對夫妻的話，可以靠得更近一點呀。簡直就跟達夫一樣嘛。想到這兒，卷子不禁覺得好笑。

以前他都固定每週要找卷子到旅館約會一次，但自從婚禮的日子決定後，兩人的約會就只是吃飯或喝茶，吃完喝完，立刻各自分手回家。他是要表現自己懂得分寸吧，卷子想，但心裡又覺得有點意猶未盡。

達夫的為人有他中規中矩的一面。

「他穿軍裝一定比穿西裝好看，真想看看他穿軍服的模樣！」

卷子第一次把達夫帶回家的時候，祖母曾發表過這樣的看法。達夫的身材不算很高，但也許因為他練過劍道，所以體格顯得強壯又魁梧，見面行禮的動作也一絲不苟，絲毫不肯怠慢。

「您好！」

說完，達夫動作俐落地彎腰行了一禮。

祖母給他取了一個外號，叫作「菊人形」[1]。

又有一隻鴿子飛了下來，剛好停在那隻正在梳理羽毛的鴿子身邊。電線順著牠的衝力猛烈搖晃起來，三隻鴿子一起隨著電線晃來晃去，就像在打鞦韆，而那隻後來飛來的鴿子彷彿順勢利用鞦韆的反彈，一躍而起，落在那隻梳毛的鴿子背上。

這一瞬間，卷子險些移開自己的視線。這就是所謂的交尾吧？她在《歲時記》[2]裡看過「鳥交」這個象徵時序的季語[3]，但是大街上的鴿子應該不會挑選季節吧。

電線猛烈搖晃起來，兩隻重疊在一起的鴿子隨著那陣晃動不斷上下起伏。卷子在一旁看著，就在她逐漸感到有點無法呼吸時，蹲在上面的那隻鴿子突然飛向天空，下面的鴿子也像追隨牠似的，一起朝空中飛去。兩、三根灰色羽毛從天上緩緩飄落。另一隻跟牠們保持距離的鴿子始終呆若木雞，根本懶得打量身邊一眼。

卷子感到自己的臉頰變熱起來，她覺得那隻剩下的鴿子，就像明天要跟她結婚的達夫，而那隻梳理羽毛的鴿子，就像卷子自己，而後來飛來的那隻鴿子，則像達夫的部下波多野。

「妳有什麼心事嗎？」

有人從身後向卷子問道。是比她早兩年進公司的前輩佳代子。

沒什麼啦，只是覺得有點不捨，卷子解釋著。靠在廁所窗邊說不捨，這可不太合適，佳代子說。接著又說，從背影看得出妳有煩惱唷。說完，轉眼向卷子眼中窺視。卷子突然很想傾訴一下心中的感受。

佳代子確實說中了自己的不安。

但是這種感覺不值得憂慮。因為那只是一種歡喜的煩惱。是明天即將舉行婚禮的

---

1 菊人形：從江戶時代後期（十九世紀末）興起，以精細手工製成的傳統服飾娃娃。

2 歲時記：日本傳統出版物，裡面會搜集創作詩歌時使用的季語，以及一年中各季節的重要活動。

3 季語：俳句等日本詩歌中必須加入的特定季節語，如雪代表冬天、楓代表秋天等。

幸福與陶醉相乘之後造成的感覺。

卷子跟佳代子約好在大樓地下的咖啡店見面後，重新轉頭望向窗外，剩下的那隻鴿子已經不見了。

「那個人，是他的部下，名字我不能說，他好像喜歡我。」

話說出口之後，下面的內容就像拆毛衣似的，輕輕鬆鬆地一下子扯了出來。

波多野介入他們之間，是在婚事已經定下來之後，但在那之前，波多野原本就有點像是達夫的司機。

譬如他們在約會地點見面後，突然下起大雨，或是看完晚場電影，走出電影院卻找不到計程車，這時達夫總是一個電話就叫來波多野。而波多野也總是開著擦得明亮照人的汽車趕來迎接。

波多野是個很有教養的青年，看起來很像富家少爺，穿著打扮整潔又得體，不論什麼時候被叫出來，他從沒露出過一絲不悅，對於上司的女朋友卷子，他也態度親切地幫她開門關門，就像包車的司機一樣。卷子總覺得對他非常過意不去，達夫則表現得理直氣壯，也從沒聽到他向人家道謝，有時甚至連一杯茶也不招待，就叫波多野回去了。

不，豈只從不道謝，達夫對波多野的要求其實非常苛刻。

你來得太慢！達夫有時會向波多野抱怨，或者責備他說，你害我弄錯等車地點啦。

卷子在一旁聽了，心裡覺得非常過意不去。

「沒關係，不要緊。平時我對這傢伙照顧得夠多了。」

聽達夫的語氣，好像他對波多野多麼費心提攜似的。

波多野也是一副毫不在意的模樣。

「我平常老是被科長罵呢。」

說著，波多野露出溫柔的微笑從駕駛座轉回頭來。達夫甚至連他的笑容也要苛責。

「又眨眼皮了。我不是告訴過你，不要亂眨眼皮嗎？」

達夫認為男人愛眨眼皮，表示他膽小又愛耍花招，所以愛眨眼皮的男人沒資格在證券公司上班。

「連眨個眼皮都要挨罵，波多野先生也真不容易啊。」

卷子望著波多野的睫毛對他生出了同情。他的睫毛在男人當中應該算是比較長的。而達夫則是萬事只求實用，就連他的睫毛，也只象徵性地長著稀疏的幾根，彷彿在告訴大家，只要長了眼珠，就完全符合人類的需求。

不論從任何一個角度來看，這兩個男人都是極端不同的類型。

達夫雖是資歷尚淺的年輕職員，卻擁有卓越超群的手腕，三十歲左右就已坐上科長的職位，相對的，波多野雖然比達夫小三歲，卻是經由強大後台推薦入社的，但儘管如此，他卻把個人嗜好看得比工作還重。

達夫的酒量很好，也對自己酒後從不胡鬧而感到自豪。週末跟卷子約會結束後，或許因為整週工作累積的疲勞一下子都傾洩出來，所以達夫經常喝完酒一上車，就開始打起瞌睡。

只要達夫一發出鼾聲，坐在駕駛座上的波多野就會打開汽車收音機，並且很自然地跟卷子聊上幾句。波多野擁有某種纖細的部分是達夫沒有的，有時兩人聊到一半，達夫醒了過來，卷子甚至還會希望他繼續睡下去呢。

卷子感覺波多野對自己有意，是在她跟達夫訂婚之後。

以往波多野都像包車司機一樣，無聲無息地幫她開車門，關車門，但她跟達夫訂婚後，波多野關車門的動作變得像在敲擊什麼似的。

「恭喜您了。」

說完這句話，波多野滿臉僵硬的表情，眼睛筆直地望向前方，不願把視線轉向卷子。

「只有這樣而已？」

佳代子一面用手撥弄喝空的咖啡杯，一面笑著問道。

「那傢伙，還是單身吧？若是單身，自然是會那樣的。」

是那個使喚他的人不對啦，把人家單身的年輕男子當成自己約會的司機。佳代子一副深諳其中內情的語氣。

卷子很不以為然。

「如果只是有點吃醋，或是心裡感覺不爽，我們訂婚之後，他可以拒絕再當司機嘛。可是那傢伙，後來還是繼續幫我們開車，而且比從前服務得更周到。我們看完電影走出來，他立刻唰地一下把車子開到我們面前來呢。」

佳代子嘴裡叼著菸，又點火燃起香菸。

雖然明知用力吸一口菸會被嗆到，但她似乎對那用力吐煙的姿勢很有好感。

「他看我的眼神不一樣了。怎麼說呢，他一直瞪著我，不能說那視線就像一道光，好像能刺到我身體深處。不過，他來我們新房幫忙搬家的時候，又那麼拚命，幹得非常賣力。」

「那是因為他不敢得罪上司吧。這就是上班族的辛酸呀。」

「只是因為這樣？」

卷子反問，接著又說起他們去挑選婚禮伴手禮的事情。

那天，卷子趁中午休息時間，跟達夫約好在百貨公司專門接待大宗客戶的「外商部」會合，等她到了那兒，才發現波多野也跟著一起來了，而且他那天表現的堅決，是卷子以往從沒見過的，最後還硬逼卷子他們選了自己喜歡的銀湯匙當作婚禮的伴手禮。

「平時那麼謹言慎行的人，簡直好像他就是新郎似的。難道他是想用那種方式參與我們的婚禮？」

佳代子只是默默地聽著。

「是妳太有魅力啦。」只要佳代子肯對自己說出這句話，卷子也就不想再多說什麼了。

旁人對卷子的評語，不是說她像男生一樣豪爽，就是說她因為吃過苦，所以很會做人，她從沒聽到別人稱讚自己是美女或很有吸引力。

或者，佳代子只要肯表示自己早已看出，達夫選擇卷子當老婆，是因為卷子身體健康，又沒有家累，而且懂得察言觀色，所以將來對他前途會有幫助。卷子原本是想聽完這句話就回家的。

「之前有天晚上真是太驚險了。他載著我跟達夫，突然加速往前衝，差點就撞到對面車道的汽車呢。」

當時正在打瞌睡的達夫也被驚醒了。

「喂！婚禮前夕，不要拉我一起去殉情啊。」達夫氣憤地罵道。

波多野連腦袋都不肯轉過來。

「殉情總不會三個人一起去吧。」

他只低聲說了一句話。

佳代子用力吐出一大口煙。

「這種事都不會輪到我身上。一個人被兩個人愛，竟然還有這種好事喔。」

聽了這話，堵在卷子胸口的硬塊這才滑落下去。

達夫深深地吸引了自己，這一點，卷子心裡非常確定，然而，達夫卻是個粗線條的人，同時也少了點心眼，卷子對他這些缺點都瞭如指掌，但還是願意跟他結婚，主要也是因為自己已經二十四歲了。

如果要深入探究自己的內心，不免就得挖出心底那把算計著達夫經濟能力的小算盤。

自己的青春就這樣畫上了句號，卷子心底畢竟感到有點寂寞，所以她對波多野的描述，也就比實際形象更誇張了一些。譬如她跟佳代子聊起波多野的時候，就把波多野說成是美男子，而且比他原本的容貌還要更英俊兩、三成。

佳代子一面嘆息一面把菸灰摁熄在菸灰缸裡。這時，卷子又提起另一件事。是前天黃昏發生的事情。

卷子為了討論婚禮的細節，所以到達夫上班的地方去找他。寬敞的辦公室裡，只有達夫和波多野兩個人在加班。達夫因為新婚旅行要休假三天，最近每天都得加班。

後來達夫到走廊去買香菸，原本正在默默工作的波多野突然開口說了一句話：

「女人好厲害唷。」

說完，他似乎想露出笑容，嘴角卻有點僵硬。

「明明心知肚明，還故意佯裝無知。」

事情來得太突然，卷子還沒想到如何回答，就已聽到達夫的腳步聲。說到這兒，卷子沒再繼續往下說，佳代子果然不出所料地提出了疑問。

「如果他對妳說，跟我結婚吧，妳怎麼辦呢？」

「就跟他說，感謝你的美意，可是我不能答應。當然嘛。」

但是剛才看到那隻雌鴿子丟下丈夫跟新歡飛走的事，卷子卻沒告訴佳代子就跟她分手道別了。

她並沒把一切都告訴佳代子。

還有些細節因為無關緊要，她就把那些部分省略了。

事情也是發生在前天去達夫辦公室的時候。當時達夫抬眼看到卷子，似乎想趁機抽支菸，休息一下，便伸手抓起香菸盒，不料菸盒已經空了，他又把手伸進自己的口袋，似乎正在摸索零錢，但也沒有找到。

接著，就像連續動作似的，達夫把手伸向面前的波多野，他正蹲在達夫面前收取影印文件。波多野的臀部褲袋上方露出半個裝零錢的小皮包，達夫一把抓在手裡，直接向走廊走去。

「借我點零錢唷。」

類似這樣的話，至少也該向波多野說一聲吧？卷子想。不料波多野這時突然說出那句「女人好厲害唷」，所以卷子也就來不及多說什麼。

還有另一件事，她也沒告訴佳代子。

現在只要在報紙或雜誌上看到「波」、「多」、「野」這三個字，即使字體並沒有特別印得又黑又粗，那些字體也會自動躍進眼簾。

就拿今天早上來說吧，她剛打開早報，立刻就有一個「波」字跳進視線。

解開魔幻海域之謎

這是新聞的標題。

根據這則新聞指出，最近十年之間，在千葉縣野島崎附近的海域，經常有三萬噸大型礦石搬運船折成兩半之後沉沒或失蹤。

新聞裡還說，那些船隻都是遭巨大的三角波擊中，由於船頭折斷了，因此才發生意外。

三角波。

好像在哪兒聽過這個名詞，但是三角波究竟是什麼樣的波呢？當她發現自己正下意識地尋找「波」這個字，心中不免暗暗震驚，接著，她看到了「三角」兩字，心中又是一驚。當她看到廁所窗外那三隻鴿子的瞬間，腦中立刻聯想到達夫、自己和波多野，似乎也是因為這則三角波的新聞殘留在腦中的緣故。

也或許，她是想把自己包裝成這種形象：一個沒有父母可供揮淚拜別的女子，為了跟一個男人走進結婚禮堂，拒絕了另一個男人的愛意。儘管卷子心底也有困惑與傷感，但她覺得現在是她長達二十四年的人生當中最幸福的一刻。

波多野沒來參加他們的婚禮。

據說是扁桃腺發炎引起了高燒。

卷子認為他是不想看到自己身穿新娘禮服的模樣，所以沒來。婚禮辦得十分盛大，但是卷子心底有一絲的遺憾。

新婚旅行的新幹線車廂裡，達夫一路發出鼾聲，睡得很熟。可能因為劍道部後輩到東京車站來給他們送行時，眾人一起把達夫高高拋向天空，讓他體內的酒精又重新燃燒起來了吧。

卷子獨自眺望著車窗外的景色，黯淡的玻璃窗上映出她的臉孔，臉上畫著比平時更鮮豔的濃妝。剛才在更衣室化完了妝，換上白色新娘禮服時，她感覺自己心底懷著一種想讓波多野也看一眼的期待。

達夫張大嘴巴正在睡覺，看起來就像在牙科診所接受治療似的。平常他表現出幹勁十足的模樣時，讓人覺得他充滿了自信，誰知他睡著的臉孔竟如此天真純潔。

卷子瞪著他那表面粗糙又泛著油光的下巴，上面有一道被刀刮傷的痕跡，不知是否因為刮鬍子的時候過於倉促而弄破的。接著，她又望向那雙長著硬毛的大手，手掌雖然很大，手指卻非常短。我就要把自己的人生託付給這個男人了。她在心底告訴自己。達夫的性格單純，卻不是個壞人。不管是「波」也好，「多」也好，或者是「野」也好，都得在這兒跟它們說再見！卷子對自己說。

到達志摩的飯店後，兩人吃完晚飯，決定一起去打乒乓球。

因為達夫是個生活極有規律的人，晚上十一點半到十二點之間必定得上床睡覺。而他又不善言辭，從他們吃完晚飯到睡覺前這段時間，兩人簡直不知該做什麼才好。

打球是達夫主動提議的，但他打得意興闌珊，一副有氣無力的樣子。

跟他上次打球時完全不一樣，卷子想。

她跟達夫，還有波多野，三人一起在達夫的公司打過一次乒乓球。雖然卷子那時只是站在中間，替他們計分，但達夫使出了全身力氣在那兒打球。波多野也是拚了命地把球打回去。

每當對方把球撥回來，他就使出全身力氣，兇狠而激烈地把球再揮過去。波多野原本蒼白的臉頰變成了鮮紅。他看來根本不像玩遊戲，而像要認真地一爭長短。

那不是在打乒乓球。

波多野把自己對卷子的情意全都寄託在球拍上了，達夫則用盡全力想把那絲情意揮趕回去。

卷子記得當時曾有一種陶醉的感覺，好像兩個男人是為了爭奪自己而在進行決鬥。

新婚夫婦的乒乓球打得並不愉快，兩人很快就覺得厭煩而決定返回房間。

剛剛踏進房間，電話就像等著他們歸來似地響了起來。

卷子拿起了聽筒。

「喂！」

電話裡沉默了幾秒。

「我是波多野。」

他的聲音跟平時一樣。

卷子一時說不出話來，達夫從她手裡接過聽筒。

「喔！原來是波多野？」

達夫雖然盡量保持平靜的態度，但顯然也在努力壓抑著什麼。波多野打電話來，是想確認一下寄給客戶的文件內容是否正確，但卷子無法不聯想他是算好了他們上床的時間才打過來的。

達夫接完電話沒說一句話，就熄滅了枱燈，把手伸過來，但那動作又令人感到哪裡有點不對勁。正在迎合丈夫的卷子也懷著幾分罪惡感，就像剛才只有他們倆一起打乒乓球時那樣，心裡感到不太痛快。

卷子跟達夫並排躺在雙人床上，悶悶不樂地凝視著昏暗的天花板，隱約中，她覺得彷彿是波多野躺在自己的身邊。

那兩隻分開佇立的鴿子。卷子眼前浮起那幅灰色的街景。正在梳理羽毛的鴿子身邊，另一隻鴿子從天而降，飛來跟牠緊緊相依，接著，電線晃動不已，兩隻鴿子交疊在一塊兒，迸出幾根羽毛。

另外那隻鴿子卻安安靜靜站在一旁，承受著一切，也沒想到趕走那隻橫刀奪愛的鴿子，卷子不禁聯想到躺在身邊的丈夫。她不知道放下電話立刻發出鼾聲的達夫心裡想些什麼。究竟是心裡有數卻故意表現寬容？或者真的只是接了一個洽談公事的電話？

新婚夫婦的新家是租來的房子，地點位於郊外。

達夫有位大學學長買下新成屋之後，突然被派到國外任職，所以決定有條件地把房子廉價租給達夫。他提出的條件就是，兩年後他從國外回來時，達夫必須把房子還給他。雖說從近郊到公司上班比較費時，但這棟洋房有個院子，卷子覺得住在這兒非常開心。

「從老家來到東京之後，這些年從來不曾開過雨戶[4]，早就忘了怎麼打開啦。」

卷子一面說一面拉開一扇雨戶，接著，她簡直驚呆了。

雨戶的外面，波多野站在那兒。

他的眼睛並沒有望向卷子，而是凝視著卷子身後剛從床上起來的達夫。

達夫的一手拿著早報，光著上身，下面穿著睡褲，這回他真的就像一座菊人形，全身一動也不動。

「嗚！」波多野的喉嚨裡冒出一聲呻吟，好像有什麼東西被壓扁了似的，然後，他頭也不回地跑走了。

正片和負片的位置突然被掉換了過來。

波多野愛的那個人不是卷子，而是達夫。

那隻孤零零被拋棄的鴿子，是卷子。

兩個男人打乒乓球的時候，競爭得那麼激烈，愈打愈投入，愈打愈興奮，原來，那是一種愛的表現。

波多野確實是在他們的雙人床上，但不是躺在卷子身邊，而是跟達夫並肩而眠。

「你知道三角波嗎？」

---

4 雨戶：日式房屋紙窗外的木板門，用以防止窗戶被雨淋溼。

卷子一面拉開雨戶一面問達夫，因為她不想讓他聽出自己的聲音正在顫抖。

「三角波？就是從完全相反方向衝擊到一起之後層層相疊的波浪吧？聽說這種波浪非常危險呢。即使是大型船隻，只要被三角波打中，也會斷裂沉沒的。颱風來臨之前就會發生三角波吧。」

現在的確是颱風降臨的前夕。

「如果海上掀起了三角波，船隻肯定都會沉沒吧。」

四扇雨戶全都拉開了，整座庭院與周圍的景色映入眼簾。一棟棟白牆藍頂或白牆紅頂的新成屋並排佇立在四周。

「也不見得會沉沒啦。也有些船隻努力撐過危難之後就能獲救吧。」

說著，達夫把手放在卷子的肩上。

要不要把他的手揮開？或是信任肩上這份暖意，就這樣靜止不動？

「對不起！府上是從今天起訂購兩瓶牛奶吧？我忘了派送，現在才送來，抱歉來晚了。明天早上我一定不會弄錯的。」

送牛奶的工人這時從後門向屋內大聲喊道。

說謊蛋

每天早上睜開眼第一件事，就是到廚房去把雞蛋從冰箱裡拿出來。這是左知子每天早上的例行公事。

雞蛋共有兩個。

兩個蛋只夠她跟丈夫松夫用來澆在飯上食用，左知子總是把蛋放在盤子上後，才去刷牙。

剛從冰箱拿出來的雞蛋味道不好，必須等它恢復到室溫後才能煎得柔嫩鬆軟。自從左知子聽說這項訊息後，她每天就像這樣，一起床，就把雞蛋拿出來。

凍得像冰塊似的兩個蛋，摸起來又硬又重。放在白色餐盤上，彼此搖搖晃晃，推來擠去，發出低沉的聲響，但在轉瞬之間，兩個雞蛋就又陷入一片沉寂。

要是松夫每天早上肯吃麵包，左知子也不用這麼費事了。松夫向妻子堅持，早上不吃點米飯，總感覺好像沒吃早飯。

「等孩子出生之後，早上再改吃麵包吧。」

從新婚時期開始，左知子就一直聽丈夫說這句話。她以為最多只要辛苦一年就沒事了，卻不料五年來，竟然天天早上起來，都得用電鍋煮飯。

「還沒有嗎？」

坐在餐桌前翻閱早報的松夫向妻子催道。因為他突然想起早上有個會議。「還沒有嗎」是左知子最討厭聽到的一句話。

「還沒有嗎？」

「差不多，該是時候了吧？」

這種話，婆婆已不知向她問過多少遍，唯一值得慶幸的是，婆婆並沒跟他們同住。只是，丈夫在家是獨子，家裡還等著他傳宗接代呢。其實婆婆也只盼到第三年，最近她看到左知子，都盡量避免提起生孩子。如此一來，左知子反而又覺得，與其這樣，不如直接催她生孩子還比較乾脆。

每天在餐桌上，總是由左知子負責把蛋打破。雖然雞蛋已經比剛從冰箱拿出來的時候變暖了很多，但仍然比那小碗的溫度還低。或許因為她為了做雪酪，總是把冰箱的溫度調得很低，蛋白已被凍成了半透明狀，看起來就像沒做成功的櫻花葛粉凍。

左知子比平時更用力地把雞蛋攪拌一番，滴下一些醬油，然後才把自己那顆雞蛋打破。啊！她突然低聲發出驚呼。

半透明的蛋白裡漂浮著一粒血斑似的東西。

「怎麼了？」

松夫從早報後面探頭過來窺視，然後才像鬆了口氣似地說：

「只要把它挑出來就行啦。」

接著又說，要不然就跟我換吧。但是左知子已對雞蛋失去了胃口。

「雞蛋這東西，有時真叫人覺得噁心。」

左知子避開松夫的視線把漂浮著紅點的雞蛋端到廚房，然後夾了些佃煮海帶放在白飯上。

「小時候，我不小心看到了。雞蛋一打開，裡面跑出孵化了一半的小雞。」

泛白的雞嘴已經成形，還有一雙跟身體不成比例的大眼睛。

左知子又說，或許當時的恐懼仍然藏在心底，現在每次打開雞蛋的時候，全身都會僵硬起來。

「妳完全不了解。」

松夫的嘴巴周圍全被雞蛋染得黃黃的，他一面把澆了雞蛋的白飯撥進嘴裡，一面難以置信地看著左知子的臉孔說。

「那種雞蛋，現在已經沒有啦。」

「為什麼？」

「現在都是無精蛋。」

什麼是無精蛋？左知子正想開口反問，卻立即明白了這個字眼的意義，還沒說出口的話也被她吞了回去。

半晌，兩人都沉默著。

「又不是養在鄉下，現在根本不會讓公雞母雞一起吃飼料。公雞很早就賣出去，拿去做烤串了，母雞則是系統飼養，讓牠們全部站成一排，關在籠子裡不斷餵食，不斷生蛋。根本不可能生出有精蛋啦。」

有些母雞就是跟公雞在一起，也會生出無精蛋，不是嗎？左知子很想問老公，卻沒把這話說出口。或許因為剛才那陣短暫的沉默，雖然是松夫先開口說話，左知子卻從丈夫的聲音裡聽到某種刻意表現的滿不在乎。

不必著急！松夫總是這樣對他妻子說。子女是上天賜予的禮物，生不出來也沒辦法。左知子向他提議一起去做個檢查，松夫總是用這個理由表示反對。

記得是在小學旁那間餐具店的門口吧。左知子的母親來學校接她，她記得自己當時好像跟母親在一起。

就在陳列著許多飯碗、茶杯等餐具的木架下面，有個很大的研磨缽，碗裡堆著許多雞蛋。

她隨意用手抓起一個，卻沒想到那蛋出乎意料地沉重。原來是個瓷蛋。

旁邊有人告訴她，那東西叫作假蛋。

因為有些母雞習慣不好，把蛋生在迴廊下或其他意想不到的地方，如果想讓母雞把蛋生在固定的地點，就需要放幾個假蛋當作誘餌。有時假蛋還可用來誘騙母雞孵蛋。只要先把假蛋混在真蛋當中，然後再把假蛋換成其他的母雞的蛋就行了。

假蛋既冰又硬，就像從冰箱剛拿出來的雞蛋一樣。不管用什麼方法把假蛋弄熱，終究還是無法孵出小雞。這一點，倒是跟我很像，左知子想。

說起來，松夫跟妻子算是一對感情不錯的夫婦。然而不管這對夫妻已經不知做了多少次的愛，左知子卻始終沒有懷孕，她不禁開始覺得自己的身體根本就是那種陶瓷燒成的假蛋。

左知子的高中朋友英子到家裡來找她，是在那天剛吃完晚飯的時候。

英子比左知子大一歲，馬上就要滿三十了。她一直從事公關工作，到現在還沒結婚。

從進門那一刻起，英子全身就散發著酒精的氣息，她卻嚷著還要再來一杯，松夫也就一連調了好幾杯威士忌加水，陪著她一起喝了起來。

「妳不要緊吧？」

英子喝得像男人一樣猛，跟她平日的作風完全不同。

「今天算是忘懷派對。明天開始，我會有好長一段時間不能喝酒了。」

說完，英子故意發出一陣爽朗的笑聲。

「我弄出麻煩了……。」

她聳著肩膀說，似乎是暗示自己懷孕的意思。

「明天下午我得去醫院一趟，為了預防萬一，好像必須填寫聯絡地址。我跟父母同住，總不能填自己家地址吧。寫妳家地址可以嗎？」

英子豎起一隻手做出拜拜的動作。

「真是造化弄人啊。想要的人生不出來，不想要的，卻有了。」

「就像買獎券嘛。不貪心的人反而會中獎喔。」

「好奇怪的比喻……。」

左知子說著笑了起來，同時，松夫的視線也引起了她的注意。

平時總是跟她們一起說笑的松夫，今天卻沒有說話，只用視線掃遍英子的全身。以往英子每隔三個月就會到他們家來玩一次，今天聽到她懷孕的消息後，松夫看她的眼神卻像第一次見到她似的，視線裡充滿了熱度。

而且英子好像也感覺到了那份熱度。

「對啦，你們可以領養我的呀，這也是一個辦法嘛。」

「謝啦！」

左知子不加思索嘴裡就冒出這句話。

「要領養的話，我會找完全陌生，不知姓名的對象啦。」

說完，左知子又解釋，萬一孩子長大不爭氣，到時候我就會恨妳；若是孩子爭氣，那當然很好，但妳就會想把孩子帶回去了，對吧？

「說得也對。」

英子也跟著點點頭。

只有松夫什麼話也沒說，獨自喝著威士忌。

第二天，左知子瞞著松夫到一間大學附屬醫院去了一趟。如果真的生不出來，那就只好算了。但她想釐清事實，像現在這樣，也不知自己究竟有罪或無罪，卻過得這麼煎熬，這種日子，她已經無法忍耐下去了。

醫院檢查的結果必須等待兩星期才能出來。

左知子的心裡非常不安，很擔心丈夫聞到她身上有消毒藥水的氣味，她覺得自己就像到醫院去跟人偷情了似的，全身繃得緊緊的，唯恐別人發現自己的外遇。

檢查結果出來了，左知子一點問題也沒有。

醫生說，左知子的生殖系統的發育和機能比較弱，但她的身體並非不能懷孕。

所以，我不是假蛋。

不是那種又硬又冰的瓷蛋，而是暖熱如人肌膚的真蛋。

左知子覺得很欣喜，但她心裡更多的感覺，是氣憤。

這些年來，每次遇到親戚一起參加的紅白聚會，她都得低著頭，縮著身子，好像做了什麼對不起大家的事情似的。以婆婆為首的那群親戚嘴裡，也總是把事情說得好像全部責任都在左知子身上。不過，我才沒有責任呢！要追究責任的話，松夫才應該負責！

他一直反對我去做檢查，大概就是因為預料到這種結果吧？

「聽說有些人連自己得過腮腺炎都不知道喔。反正啊，把我一個人說成罪人似的，太不公平了。拜託你去檢查一下吧。」

左知子叫丈夫也去做個檢查。誰知松夫像要堵住她的嘴似地說了一句話。

「我也沒問題喔。」

「你去過醫院了？」

「倒也沒有。」

松夫開口解釋之前先告訴妻子，這件事，他原本不想提起的。接著又說，他跟左知子結婚之前，有個女人曾為他懷過孩子。

「但是最後沒有生下來啦。」

「是誰呀？那個女的。」

松夫把手伸向菸盒。

男人不想回答問題的時候，就會開始抽菸，然後從嘴裡吐出一堆白煙代替話語。左知子跟他雖沒生過孩子，但兩人已經結婚五年了，這層意思她還是看得出來的。

「那我不問她的名字。可是，你說的是真的？」

隔著一層煙霧，松夫在她對面點著頭。

但他臉上並沒有「對不起妳」的愧疚，反而是一副勝利者的嘴臉，好像在說「反正錯不在我」。

第二天黃昏，左知子搭乘中央線到了中野站，下車後，順著車站前那條窄細的坡路往上走。出發前，她不知考慮了多久，最後才終於決定來這兒一趟。

她的目的地是一個叫作「水滴」的小酒吧。

店裡只有長條的櫃台桌，沒有其他座位，最多只能坐十名顧客。以前松夫曾經帶她來過一次，據說是他從學生時代就經常光顧的熟店。

老闆娘是個瘦得皮包骨的女人，比松夫大兩、三歲，一頭沒有燙過的長髮披散著，臉上表情十分嚴肅。一聽到松夫介紹左知子是自己的未婚妻，女人臉上立即迸出笑容。

「恭喜！」

說著，手裡的金巴利蘇打也順手用力往櫃台一放。

「太好了！好極了！」

女人一連說了好幾遍。我也來一杯吧。今天是阿松請客唷！她不斷地興奮笑嚷，但那聲音裡好像隱含著幾分勉強。放玻璃杯的動作也不像祝福，反而像心裡藏著什麼疙瘩。

這件事，左知子已經拋在腦後很長一段時間了。昨晚聽到松夫的告白，她才突然想起來。

「如果他說的是事實，對象肯定就是那個女人。」

左知子腦中浮起這個念頭，但她並沒有任何根據。

「水滴」跟五年以前一樣，還在原來的地方。

店名也沒有改變，只有店面外觀似乎重新裝修過了，掛在路上的招牌風格也有點改變。左知子鼓起勇氣推開門，店內的裝潢已完全看不出五年前的模樣，看起來不像是酒吧，而比較像小吃店。店裡只有一名年輕的酒保，正在忙著把芹菜梗上的硬筋剝掉、把檸檬切成薄片……。酒保告訴左知子，大約在三年前，現在的老闆連房子帶家具，一次買下了這間酒吧，至於以前那位老闆娘的行蹤，酒保則一問三不知。

打聽完之後，左知子覺得自己也不好立即離去，就點了一杯加水威士忌。店裡只有她一個客人。

她在靠窗的座位坐下，不經意地望著窗外。

如果老闆娘還在的話，自己會對她說什麼呢？

「他說曾經有過孩子，是真的嗎？」

「是我老公的孩子，沒錯吧？不會是別人的孩子吧？」

一連串不太可能問出口的問題，反覆浮現在她腦中。

中央線駛過的聲音從房子的正下方傳來。

「我也不想責備妳。因為我是在妳之後認識他的，沒有那種權利。我只是想知道真相。」

多想對她說這種話呀。

從現在起的漫長人生裡，這種總是半信半疑、彼此推卸責任的日子，她是沒法過下去的。不管自己有沒有責任，她想弄個一清二楚。

又有一列中央線駛過去。

突然，有人對她說：

「我剛才幫妳拍了一張照片，因為表情非常好。可是我想這樣做有點失禮。」

一個男人手裡拿著相機對她說。男人的年紀大約三十二、三歲，看起來跟松夫年齡相仿。

「照片洗出來之後，可以寄給妳嗎？」

男人的相機看起來又大又重，跟松夫那台廉價貨完全不一樣。從他操縱相機的手勢，以及身上那件貌似從美軍手裡買來的迷彩服看來，他不太像攝影的門外漢。

「不是我自誇，我對攝影似乎是有點天才的。如果把照片寄給妳，會給妳添麻煩嗎？」

如果是在別處拍的照片倒也無所謂，但是這間酒吧的照片，畢竟有些不便。左知子沉吟著不知如何回答。

「那，這樣好了。」

說著，男人從他的土黃色大提包裡掏出一本大型筆記本。

「日程表，日程表。」

他一面自語一面翻動紙頁。

筆記本裡每一天都分成好幾個空格，而且每個空格裡都填進了計畫。看來這男人好像是職業攝影師。

「一星期之後，在這兒交給妳，如何？」

語氣略顯強硬，聽著卻不令人討厭。或許因為男人說得輕描淡寫，左知子竟也在不知不覺中點了頭。

每天早上醒來，左知子睜開眼第一件事，就是到廚房去從冰箱裡拿出雞蛋。

兩個冰冷的雞蛋像有生命似地顫抖著，彼此碰撞著發出一陣撞擊聲，然後又恢復寂靜。並肩站在盤上的兩個雞蛋，看起來就像一對夫妻，然而，夫妻這玩意兒卻不是雞蛋，而只是類似雞蛋的東西，互相擁抱，彼此取暖，就可能生出後代，但是不會變成三個雞蛋。

從結婚到現在，他們倆光是早餐已吃了無數雞蛋，大概有幾千個了吧。雖然吃了那麼多，卻沒生一個蛋出來。

或許因為自己瞞著松夫去過「水滴」，而且照片的事，左知子也不敢告訴丈夫，所以她覺得自己跟松夫之間，好像垂著一層半透明塑膠布。而松夫上次的告白究竟是真是假，她到現在也還沒弄清楚。即使如此，左知子心底卻有一種歡欣輕快的東西，難道是因為自己正在期待去看照片？

一星期之後，左知子來到「水滴」。

男人正在等候，看到她，男人沉默著把照片遞到她面前。

照片裡那張臉孔明明是自己的，看起來卻像陌生人。

有幾張照片裡的自己閉著眼睛，也有的是半睜著眼，視線虛無飄渺地拋向空中，或是緊皺眉頭，眼中露出悲哀的神情，但不論哪張照片裡的她，都是半張著嘴。

跟雜誌一樣大小的黑白照片裡，左知子的表情是連她自己也從沒看過的。她覺得非常羞愧，很清楚地感覺到臉頰變熱起來。

那時，腦中應該正在思考傷心事，為什麼照片裡卻是這種表情？看起來非但談不上性感，反而令人感到猥褻。

男人像在窺視似地看著左知子的眸子，看了半天，他才點燃一支香菸。

「照片裡的臉孔，跟妳正在看照片的臉孔，完全一樣啊。」

我現在全身是汗呢。左知子想。

她不敢跟男人四目交視，只能瞪著他夾住香菸的指尖。男人跟松夫一樣，指尖纖細，手指細長，指形長得很不錯，但是拇指又粗又短，四角形的指甲剪得短短的，就連這一點也跟松夫一樣。

左知子想起幾年前曾跟母親一起把手放在火爐上取暖，那時她才發現自己的指形和指甲形狀，都跟母親的一模一樣。

人類的手指似乎跟身高也有關聯。男人的身材又高又瘦，也跟松夫一樣，屬於胃腸功能較弱的類型。

「你有幾個小孩？」

當她意識恢復過來時，竟發現自己嘴裡冒出這句話。

「妳這個人提出的問題好有意思啊。」

男人忍俊不已地笑了起來。

「一個小孩啦。」

說著，他又露出窺視的眼神。

「有小孩的男人妳不要？」

左知子很想假裝沒聽到這句話。

不是不要，反而是更好。她覺得自己若是一時鬼迷心竅，肯定嘴裡就會冒出「你是有生殖能力的男人嗎」之類的問題。

她對自己跟松夫的婚姻生活沒有不滿，也不希望現在的生活遭到破壞，所以她很想有個孩子。但儘管如此，她絕對沒有想像過自己跟這個男人會怎麼樣。然而，她卻開口問男人有沒有孩子。

或許，就像她擁有自己沒發現的另一張面孔那樣，心底也懷著某種不自覺的情緒吧。

「我們出去吧？」

說著，男人用那修長的手指摁住了帳單。

她跟男人並肩沿著鐵道旁的窄細坡道緩慢地向山下走去，中央線的上行和下行列車從他們身邊交錯而過。這時正是黃昏的路況高峰時段，電車裡擠滿乘客，看不到一點空隙。

男人突然停下急促的腳步。

「來猜拳。」

他一面說一面揮著一隻手催促左知子。

「如果我贏了，我們就進去。」

這時他們正站在一間愛情旅館的門口。

面對眼前的突發狀況，左知子一個字也說不出來。

左知子似乎被男人的視線勾引著，也舉起一手做出猜拳的姿勢。

「剪刀、石頭……。」

「布！」

說完，她的手既沒擺出「布」，也沒擺出「剪刀」或「石頭」，就開步往前跑。頭也不回地一路奔向東中野車站。

一個多月之後，左知子覺得自己彷彿懷孕了。她到醫院去做檢查，結果發現肚裡真的有了孩子。

她感覺這孩子好像是那個男人的，雖然她甚至連手都沒跟那個人牽過，但她心裡卻有那種感覺。

左知子跟松夫是是一位學長幫忙介紹後相親結婚的。她對這項安排沒有任何不滿，但是她從來不曾品嘗過愛火燃燒或因愛受傷的滋味。或許，感情與肉體都沒有燃燒發熱的話，是沒法孕育後代的，就像雞蛋一樣。

她從內衣抽屜的底層翻出那張照片打量著。自己的眼皮下垂，兩眼半開半閉，既像作夢又像沉醉似地倚靠著什麼，雙眉間皺紋緊聚，又像在忍耐著什麼。嘴唇微微張開，像在等待什麼，又像要接受什麼……，她就是在這一瞬間懷孕的。

這張照片怎麼辦呢？撕成碎片丟掉？或者點一根火柴把它燒成灰燼？

左知子猶豫著開始撥轉電話鍵盤。她想打到松夫的辦公室，把自己懷孕的消息第一個告訴丈夫。

電話裡的「講話中」信號一直響個不停。在那鈴聲停止之前，她必須做出決斷。丟掉那張照片？要不然怎麼辦呢？

「讓您久等了。現在就幫您接通。」

話筒裡傳來接線生的聲音，接著，又傳來呼叫的鈴聲。

我大概不會丟掉那照片吧，她想。當然，她也不會把這件事告訴丈夫。只要還有一口氣，就不會把這件事說出來。大概就跟之前一樣，一直藏在抽屜的最下層吧。

「喂！喂！」

聽到松夫的聲音時，她覺得非常非常想念他。

「老公……。」

才叫了一聲，她就說不下去了，眼裡的淚水差點就要當場奪眶而出。

II

重逢

只要硬起頭皮來到這兒，才知這根本不算什麼。

我究竟為什麼一直害怕到這兒來呢？冬子不禁從心底升起一分自嘲。她開始避著銀座，盡量不到這附近來，大約是在自己懷著女兒真弓的時候，現在算起來，從那時到現在，已經十七年了。

當真弓問她：「媽，要不要跟我約在銀座見面？」她仍然無法立即應允。

對高中生的女兒來說，媽媽雖已三十八歲，卻把身材保持得那麼苗條，人又長得那麼漂亮，自然令她感到非常自豪。每次開班級家長會的時候，女兒總喜歡向她抱怨：「您也像其他同學的媽媽那樣，擦點指甲油呀。」「衣服穿得華麗一點嘛。」從女兒的語氣裡聽得出，她對媽媽漂亮得引人注目感到很自傲。

這次女兒要去參加網球集訓旅行，冬子向女兒建議，旅途必需的毛衣和皮鞋，在我們附近車站前面的洋服店都能買到吧？真弓卻罕見地堅持己見說：

「偶爾一次到外面去買也不錯呀？我們先約在銀座見面，吃點冰淇淋之後，您再陪我去買毛衣嘛。」

聽真弓那語氣，似乎還打算帶一、兩位朋友一塊兒逛街。

冬子抬眼望著女兒，大約從去年起，女兒的身高已經超過了自己。

孩子都長到這個年紀，應該不要緊了。冬子想，所以跟女兒約定了下午見面的時間和地點。

冬子從前在銀座一間酒吧上班，前後總共不到兩年。

到那種地方去上班的理由，一方面是因為從小沒有父親，自己想進的公司進不去，而最後被迫選擇了這一行的理由，則是因為母親生病，房東要把她們趕出去了。面對眼前一大堆必須用錢解決的難題，冬子只好選了這個賺錢最快的職業。

冬子自認在男女關係方面是很有原則的。

但畢竟自己從事的職業並不是幼稚園老師，所以她也不否認，以前確實鬧過兩、三次小緋聞，不，就算四、五次好了，但是對方若不能讓她感受到戀愛氣氛，她是不會答應對方更進一步要求的。

如果是自己討厭的類型，不管對方如何誘惑，她也不會點頭。

冬子跟現在的老公是在酒吧認識的。

老公的父母都住在金澤，他們決定結婚之後，老公讓她辭掉了酒吧的工作，幫她介紹了一間小公司，在那兒當了三個月的女職員，這才瞞過老公的父母，跟她舉行了婚禮。

當時，真弓在她肚裡已有五個月大。結婚進行曲響起時，胎兒不斷用力踢著冬子的肚皮，好像非常興奮似的。

久違的銀座跟從前完全不一樣了。

冬子從前上班的酒吧已經拆掉，現在變成一座時裝大樓，旁邊那間只有一對夫婦經營的蔬果店，也已變成外資經營的漢堡店。

街道的模樣發生了變化，路上的行人也跟從前不同了。往來交錯在路上的人潮增加了很多，行人臉上化的妝也變濃了，街頭響著各種音樂，音量嘈雜又震耳欲聾。

冬子從銀座四丁目轉角緩步朝向「資生堂咖啡店」走去，她心裡比較踏實了。自己認識的人，已不會出現在這條路上。

「這不是阿香嗎？」

現在絕不會有人高喊自己從前的名字，跑過來拍拍自己的肩膀了。早知如此，真該早就來逛逛嘛。

一直以來，她總是戒慎恐懼地度過每一天，勉強自己壓下心中的嚮往與懷念，現在想想，真不知自己為什麼要那樣度日。

老公決定給女兒取名「真弓」的時候，婆婆說：

「聽起來好像酒家女的名字唷。」

聽了這話，冬子感覺自己的面頰立刻僵硬起來。

「以後女孩不流行取那種帶個『子』字的名字嘍。」

老公不經意地答道，沒有接受婆婆的意見。

冬子教導真弓喊自己「阿母」。

後來真弓進了幼稚園，回來對母親說：

「別人家裡都是喊『媽媽』唷。」

說著，真弓臉上露出不甘的表情。

「日本人還是叫『阿母』比較好啦。」

因為「媽媽」令她想起自己的從前，聽著心裡不舒服。

跟女兒約好見面的那家店，十七年前她也常來，是一間頗有規格的咖啡店。

以前她常跟老公在這兒約會，也跟老公以外的男人約會過。

真弓來了，果然帶著三位朋友一起來的。請大家喝咖啡的花費也不小呢，冬子想。繼而又想，難得一次嘛，只好不去計較了。

這時，冬子看到店內吧台上有個女人，看起來好像是老闆娘，她的對面坐著一個上了年紀的男人。「啊唷！」男人眼中露出驚異，並用視線向冬子打個招呼，冬子這才注意到男人。原來是她認識老公之前交往過的竹井。雖然他已是滿頭白髮，但確實就是竹井，沒錯。那時他已是部長，現在應該是公司裡的大人物了吧。冬子感到心臟急速跳動起來。

「誰呀？那個男的。」

真弓瞥了竹井一眼問道。

「認識的人。」

「是嗎？」

說完，真弓又說：

「那個人，看起來跟爸爸長得很像嘛。」

鉛筆

男人躺在木筏上，好像正在睡覺。說是木筏，其實只是一塊用三、四根粗木紮成的破爛浮板，面積只有半個榻榻米那麼大。男人坐在上面，腦袋彎向前方，身體一動也不動，抓在手裡的木槳也絲毫不見動彈。

他的全身只圍著一條白腰布，靜止不動的半裸體呈巧克力色，背後襯著湛藍的湖水，好一副悠閒的畫面。但也令人不禁為他擔憂，深怕他會不慎滾落到水中。距離岸邊兩公尺多的湖面上，一隻鱷魚浸在水裡打瞌睡，半個身子露出水面。不遠處的岸邊，兩家河馬成員剛剛才在那兒窮凶極惡地彼此噴水爭吵。我把望遠鏡的焦點對準了男人，雖說他就是出了什麼問題，我也沒法救他，但我還是擔心得無法移開視線。

眼前這座湖叫作「魯道夫湖」，面積相當大，位於肯亞和衣索比亞的邊境，直到不久之前，它的名字還叫作「圖爾卡那湖」[1]。環繞湖邊居住的原住民是圖爾卡那族。我現在坐在一棟湖畔的別墅裡，正在怡然自得地欣賞湖面風光。

我說這棟建築是別墅，也只是好聽而已，其實這只是一棟簡陋的小木屋。屋裡有一個單間小套房，只有六個榻榻米大小。房裡有兩張單人床，看起來很像大飯店拍賣處分的淘汰品。沿著前面那座湖的岸邊，總共建起十棟這種小木屋，屋裡的設備只有廁所和一個淋浴龍頭。扭開龍頭之後，水管一陣抖動，流出的水量卻令人無法滿意。

我是從肯亞首都奈洛比出發到這兒來的。先搭乘七人座位的小型飛機，然後改乘布滿鐵鏽的小卡車貨台，再換乘機動船，歷盡千辛萬苦，總算到了目的地。誰知到達之後才知道，這裡的主食是洋芋，連麵包也吃不到。而且這裡的蒼蠅一見到食物，立刻蜂擁而來，團團包住食物，看起來黑漆漆的一片，而我則必須像中風患者似的，不斷揮動左手趕走蒼蠅，否則連水都沒法喝上一口。

出發前，我曾接到通知，說是這裡的一切都已安排妥當，盡可放心上路。所以我才搭上機動船，橫跨湖岸，來到這個圖爾卡那族的部落進行採訪，不料到了這兒才發現，中間傳話的人似乎沒搞清楚狀況，因為這裡的住民不但表現得充滿敵意，甚至根本不讓我拍照。雖然最終他們還是妥協了，但因為我迫不及待地按了快門，兩個十二、三歲的男孩還抓住我的背脊猛推好幾下，我的手腕也被他們掐出幾塊瘀青。

當地居民聽說我們是從外地來的，臉上一點驚喜的表情也沒有，最後還令我們付出相當高昂的代價，才讓我們拍了五分鐘的照片。老實說，部落裡那些男女的視線實在太冰冷了，害得我們拍完照片後，立刻連滾帶爬地跳上小船落荒而逃。當機動船啟動時，岸上飛過來兩、三顆小石子，砸在已經褪色的船腹上。

這地方的熱氣與溼氣都很厲害，猜想氣溫大概超過四十度吧。或許因為完全無

1 作者可能誤解了此湖的名稱沿革。一八八八年由匈牙利探險家塞繆爾・德泰萊基（Sámuel Teleki，一八四五—一九一六）及隨行的奧地利軍人路德維希・馮・特爾（Ludwig von Höhnel，一八五七—一九四二）發現，並根據當時奧匈帝國皇太子魯道夫（Crown Prince Rudolf of Austria，一八五八—一八八九）命名為「魯道夫湖」。直到一九七五年肯亞獨立後才由第一任總統喬莫・肯亞塔（Jomo Kenyatta，一八九一—一九七八）以附近的圖爾卡那族，將此湖更名為圖爾卡那湖。此湖周圍曾挖掘出人科化石，據信是原始人類最早的聚居地之一。

風，就算我們靜止不動，全身也不斷冒出汗水，弄得襯衣上全是汗跡，腦袋裡根本無法思考任何問題。綠藻色的湖水濃稠得像是混入了葛粉，湖面散出陣陣蒸煮球藻的腥味，令人作嘔。

雖說這次旅行是出於自願，但要叫我在這兒住上兩晚，還真是挺為難的。早知如此，我只要到大部分遊客都愛走的路線去逛一圈就行了，譬如說，馬賽馬拉國家保護區、安博塞利國家公園之類擁有良好旅館設備的動物保護區。悔恨的心情令人煩悶，就在萬分沮喪的瞬間，我突然發現木筏上那個正在打瞌睡的圖爾卡那男人醒了。

男人已從木筏上站起來。

沒想到他的身材如此矮小。附著在他全身的筋肉透出幾分稚氣，看來是一名少年。猛然間，少年開始動手解開自己的白腰布。難道他要在木筏上撒尿？我連忙把兩百釐米長距鏡頭裝上照相機，調準焦距。

少年的右手緊抓木槳，一面用槳撐住木筏，保持身體平衡，一面做出一個令人意外的動作。只見他的左手高高舉起剛解開的腰布左角，再用嘴咬住腰布的右角。就在這一瞬，不知從哪兒吹來一陣大風，白色腰布便被風兒掀起，木筏也順著風勢向前滑去。湖水如油，木筏就在點點微波的湖面順勢向前滑行。

少年的腰布變成了帆船的帆布，兩條黑鉛筆似的瘦腿用力踩在木筏上，瘦削的身體就是帆船的帆柱。

這一切，都發生在眨眼之間。我不顧一切地摁著快門，相機裡只剩下五張底片了。今天午後從心底升起的不安與不滿，就在這一瞬間，全都飛走了。跟我一起來玩的秋山千惠子[2]小姐，還有西丸震哉[3]夫妻，全都看著少年連聲發出讚嘆。

原來他剛才不是打瞌睡，而是在等待風兒降臨。現在那艘黑色帆柱和白色船帆組成的帆船，正以驚人的速度朝向對岸的圖爾卡那部落前進。

透過望遠鏡向對岸望去，許多全身一絲不掛的年輕男人，正站在深可及腰的水中撒網捕魚，還有許多老婦和少女正在洗髮。洗完之後，她們耐心地互相幫忙梳起髮髻。湖畔的斜坡上，金褐色的牛群正在啃食貧瘠的草地，斜坡下方的鱷魚像標本似的

2 秋山千惠子（秋山ちえ子，一九一七—二〇一六）：電台主持人、散文作家、評論家。

3 西丸震哉（一九二三—二〇一二）：日本飲食生態學者、散文作家、探險及登山家。

一動也不動。一隻美麗的白鳥佇立在鱷魚背脊上。遠處坐落著七、八棟圖爾卡那族人的小屋，屋頂覆蓋茅草，看起來就像倒扣的飯碗，夕陽正要從那堆小屋附近逐漸西沉。鱷魚、河馬、人類、牛和鳥，也不知彼此簽下了怎樣的合約，全都在這兒互不侵犯地過著悠然安適的日子。

晚餐仍然吃洋芋跟那種幾乎跟我身高一樣長的湖魚，魚肉的味道欠佳，但好像比午餐時做得好吃。我揮舞左手趕蒼蠅的動作，現在也做得非常得心應手了。

半夜裡，氣溫開始下降，風勢愈來愈強。這裡是沙漠氣候，晝夜的溫差相當劇烈。我把所有的毛衣都穿上身，再用那瀰漫綠藻氣味的沉重毛毯裹住全身，然後倒在床上，天花板上傳來一陣陣喀啦喀啦的聲響。這種別墅小屋都是自備發電機發電，每天晚上十一點之後，電源全部切斷，每個房間只分配到一個聊勝於無的小手電筒。我把微弱的燈光射向天花板，屋板上面似乎有一隻青蛙或蜥蜴正在那兒掙扎，也不知牠怎麼爬上去的，或許牠正想奮力逃出天花板？或者正在跟老鼠打鬥？

別墅小屋的門前似乎有什麼東西正在發出聲響。可能是河馬從河裡爬上來吃草吧？草食動物的河馬不會主動攻擊人類，但牠們擁有自己專用的路線，以便半夜上岸吃草。

據說河馬的行動遇到阻礙時，偶爾還是會攻擊人類。不久前，報紙刊登一則新聞說，奈洛比郊外發生了河馬踩人事件，受害者被壓在河馬的身體下面好幾小時，因此受了重傷。我想起這則新聞，決定遵守「晚上絕不隨便出門」的警告，只在窗口向戶外張望了一番。

窗外一輪蒼白的明月高掛天空，湖面也已蒙上了冬季的面紗。剛才令人作嘔的綠藻氣息完全消失了。別墅後方有幾座圖爾卡那族小木屋，屋中一片寂靜，什麼聲音也聽不到。

第二天早上，太陽出來了，天氣又熱得令人無法思考，湖水依然散發出綠藻的氣味，湖畔的河馬仍舊在那兒彼此吵嚷。我給相機換上新底片，也把長距鏡頭放在一旁備用，這一整天，我都關注著湖面的動靜，但沒有看到那艘人體構成的帆船。

少年那雙鉛筆似的長腿也跟其他非洲人一樣，閃耀著巧克力色的光輝，如果是東南亞原住民，膚色就會更黯淡一些。

大約十五年前，我曾到吳哥窟去參觀。那時住在寺廟前一家法國資本經營的飯店，名字叫作「金廟酒店」，每天晚上，吳哥廟裡都有古代高棉民族舞蹈表演。

去看表演之前，因為怕被蚊子叮咬，大家都先把防蚊藥噴在脖頸、手臂、腿上、腳上，然後才到酒店門口集合。從那裡到會場的距離大約只需步行五分鐘，但附近除了酒店和古廟外，沒有任何建築物，我們在路上只有微弱的月光照明。黑暗中，導遊正要帶領五十多名外國觀光客出發時，一個小小的光環突然落在腳邊。

不只是我一個人，每人腳邊都有了小光環，非常巧妙地配合著大家的腳步向前移動，彷彿正在告訴我們：「放心走吧！放心走吧！」

原來是一群手持小電筒的少年來給觀光客引路。他們的年紀大約從七、八歲至十二、三歲，每人負責一位觀光客，跟在客人身後半步，像影子似地緊隨著客人前進。

這麼多的少年剛才都躲在什麼地方？難道因為自己即將前往觀賞高棉民族舞蹈，所以興奮得沒發現他們？

「我沒關係，沒有燈光也不要緊。」

少年像無聲的潮水似的緊迫盯人地跟上來，我感到有些厭煩，企圖以動作和手勢趕走那名替我照亮腳邊的少年，誰知他充耳不聞，繼續跟著我。我又向他揮揮手，這時，擔任導遊的柬埔寨青年用他十分生澀的日本話對我說：

「請讓他做吧。這孩子的全家都靠他做這工作過活呢。」

青年的名字叫作諾羅敦．克利拉特，自稱是當時柬埔寨王族諾羅敦親王的遠親。他曾到日本留學，還跟一個日本女人結了婚。我在日本飛往吳哥窟的飛機裡，見到了他太太，還有他們剛出生的大兒子，也跟他太太在一起。不過我只跟她閒聊了幾句家常。

那些少年走起路來一點聲音也沒有，或許因為他們已經走過幾十回或幾百回，都對這條路很熟悉了吧。有時他們會把光圈照向我們腳尖前方半步的位置，默默提醒我們腳邊有碎石，或是前方有石階。

他們配合著我們的呼吸與腳步，隨行在眾人的身後，唯有那覆著白石粉的小腿，還有繚繞在肩頭周圍那種充滿汗臭的體味，緊追不捨地趕向前來。

到了表演會場，大家在臨時設置的座椅上坐下之後，光圈一下子都不見了。那群少年的身影似乎已被黑暗吞沒。我猜想他們大概待在舞台後方的草叢或石階上，正在彼此打打鬧鬧，或是打著瞌睡等待表演結束吧。

老實說，那場舞蹈表演實在沒什麼好看。

燈光照耀下的巨大石刻神殿之前，穿著民族服裝的舞者翩翩起舞，這種表演的構想確實很不錯，但才看了不到三十分鐘，蚊子就咬得我們心浮氣躁，無法再專心欣賞下去。

好不容易熬到表演結束，走出會場，剛才的光圈重新落在腳邊。剛才陪我同來的那名少年，又散放著同樣的氣味，緊隨而來。到了酒店門口，他收下相當於日幣二、三十圓的報酬後，默默地消失在夜色裡。

每天的白天，這些少年好像變成另一種人似的顯得非常開朗。

他們分別聚在路邊重要地點，爭先恐後地向外國遊客兜售拓片、土製砍柴刀，還有首飾之類的手工藝品，一看到我的臉孔，他們就向我大喊：

「SAKURA! AJINOMOTO!」

我若是假裝沒聽到，他們會拿出看家本領用日語大喊：

「美女！美女！」

然後跑上來纏著我。

你若因此而暗自竊喜，那可就中計了。因為他們對付所有的日本女人，都是採用這三步絕招。不過最令我感到敬佩的，還是他們能夠非常精準地識別外國遊客的國籍，看到美國人就說英語，看到人數最多的法國觀光客，就改說法語，實在太厲害了。

碰到出手大方的顧客時，少年同伴之間也會掀起爭奪戰，我還看過他們為了搶奪顧客而彼此拳打腳踢，大打出手。

這些少年的身材都非常瘦削，小腿瘦得簡直像蚊子，只有兩隻眼睛閃閃發亮。平時他們總是裸著上身，偶爾也會穿上一件內衣。但與其說它是穿衣，不如說是像把海帶披在身上。下身一般都只穿一條短褲，看起來有點像是剪短的大人長褲，褲子上打滿補丁，補丁上面又打了補丁，誰也看不出褲子原本是什麼布料做的。

儘管這些少年都會毫不客氣地逼著遊客購物，但是發現顧客對商品完全沒興趣的話，他們也不會緊追不捨地強迫推銷。譬如我從他們面前走過之後，回頭瞥了一眼，發現他們已把商品丟在樹蔭下，全都跑去踢足球了。

那個足球看起來歪七扭八，早已變了形，灌空氣的小孔從球面凸了出來，看起來就像臍橙尾部的肚臍。或許也因為這個理由，足球老是朝著意想不到的方向飛去，那些少年便立刻擠成一堆，跌跌撞撞地追著足球亂跑，好像忘了剛才還為了推銷商品而大打出手。真不知那些纖瘦的小腿如何爆出如此強勁的活力。我不禁疑惑，這些孩子到底有沒有去上學呢？前往古蹟遊覽的回程路上，我特地朝那些高架屋內部用心窺視了一番。高架屋的下方通常飼養一隻水牛，屋裡可以看到大鋁鍋，還有掛在柱上的尖頂帽，除了這些之外，再也看不到其他顯眼的家具了。

每次旅遊結束後，隨著歲月流逝，留在我腦中的景色也逐漸褪色，最後，就只剩下我對當地居民的記憶。

我不是特別喜歡小孩，深情待人這種事，也令我覺得厭煩，甚至可說，我對小孩向來比較冷漠，但在吳哥窟看到的那些柬埔寨少年，還有那些圖爾卡那族少年，他們擁有相同的一雙細腿，筆直又黝黑，也許因為旅途的感傷發揮了影響力，現在那些男孩的黑腿已被我收進記憶中值得懷念的篇章。

或許那些少年也明白，吳哥窟的靜謐黑夜最好是保持靜默，所以他們就在晚間扮演蒙面的活道具，舉著昏暗不明的小燈為客人照亮腳邊；到了光亮耀眼的白天，他們又在吳哥窟的街頭纏著顧客，竭盡全力地討好與奉承。從那之後，十年、十五年過去了，也許我已經比較成熟，當年曾經感到厭煩的嘈雜，現在卻覺得非常懷念。有時我甚至後悔，當時何必考慮價錢呢？乾脆買一塊拓片回來也很不錯啊。

那兩個用手推我背脊的圖爾卡那少年，當時他們是為了嚇唬我？還是為了維護自己的尊嚴？或是因為好奇？旅行就好比參加猜謎活動，不必勉強尋找原因，也不必非得尋求解答。儘管我心裡是這麼想，但我發覺最近四、五年，那些地方的狀況卻已有所變化。

饑饉與內戰似乎已讓上述兩個國家陷入淒慘的狀況。

翻開世界地圖看看，我雖走訪過一些國家，卻還不至於多到能向人吹噓的程度，然而，只要是我去過的國家，總覺得地圖上的那個部分就比較與眾不同，多少也對當地懷抱著幾分情感。

看到柬埔寨和圖爾卡那的文字時，我就是覺得它們跟其他文字不一樣，它們也總是猛地一下，躍進我的眼簾。

圖爾卡那族發生饑荒的原因，聽說是因為乾旱。我看著手邊一張饑民的照片，心中充滿了不忍。我到那兒去旅遊，是在去年的春天，當時饑荒還沒有開始，現在那些居民的體內，應該已沒有剩下太多的肌肉和脂肪。鉛筆腿如果再繼續瘦下去，就只剩骨頭了。

記得那些少年曾用一種不知名的大型樹葉代替盤子，葉上裝著不知是誰分給他們的熟魚腸，他們像捧著祭品似的小心翼翼地端著食物，興高采烈地嘻笑著奔過我的身邊，不知他們現在是否還有力氣盡情奔跑？

那個用身體撐起帆布，滑過湛藍湖面的孩子，他是否仍然活著？我知道自己這種感傷很俗氣，卻忍不住為他擔心。

我在吳哥窟遇到的那些少年，他們的年齡再加十歲的話，現在大家都已長成青年了，他們要如何躲過那場只能稱為瘋狂的內戰呢？

報紙刊出嫁到當地的日本女人獲救的消息時，我比平時更用心地仔細閱讀新聞，那些女人能夠留下一條命，可真是奇蹟。我還在那些名單裡尋找過諾羅敦・克利拉特妻子的名字。

克利拉特當時長了滿臉引人注目的青春痘，雖然他非常關心自己的臉孔，但他對我的照顧還是十分周到的。

那是我第一次出國旅行，很多事都沒見識過。餐廳端出來的昂貴水果盤，我毫不客氣地開懷大吃，等我要離店時，卻沒看到水果盤的帳單。雖然我也想乾脆佯裝不知，悄悄離去，卻又擔心那樣會讓人看不起日本，所以只好一大早就跑去敲克利拉特的房門，把事情經過告訴了他。

「不用付錢，沒關係！柬埔寨的水果多得很呢。」

身穿睡衣的克利拉特向我保證沒問題。他習慣性地用手摁著長滿青春痘的臉頰，並為自己的穿著向我道歉。

「莎唷哪啦！」

說完，他用那非常標準的日語向我道別。

記得那時他聽說我在收集陶瓷小罐，還特別讓我坐在速克達的後座，飛速駛過黃昏的國道，帶我到暹粒市去逛舊貨攤。直到現在，克利拉特夫婦仍然音信全無，但是那時他幫我還價後買下的兩個黑釉小罐，至今依然並排擺放在我的書架上。

黑釉小罐的顏色就跟那些少年被太陽晒得失去光澤的膚色一樣。只要在罐裡裝些清水，插進一枝小花，罐上的熟炭色澤逐漸變得十分潤澤，看起來就像混濁的池水中，那些騎在水牛背上玩水的少年膚色一樣。

III

那些青春永駐的女人

有一種經驗是我們在冬天經常遇到的。

「啊！我感冒了。」

大家都曾突然冒出這種感覺。

譬如洗完澡，走出浴室，身上只穿了一件薄衫，卻在這裡摸摸，那裡弄弄。不一會兒，就發現自己的背上傳來陣陣寒意，然後打起了噴嚏。這時腦中頓時警覺：「糟了！」我說的經驗，就是指這個瞬間。接下來，我就趕快去吞感冒藥。

同樣的狀況也出現在年齡方面。

譬如一天的工作結束後，我正在看深夜電視節目，這時我突然發現，自己正撇開兩腿，跪坐在地毯上，背脊彎著，下巴突出，完全一副老太婆姿勢。

「啊！我老了……」

我不免感嘆。

又譬如黃昏時，我捧著購物籃出門去辦貨。反正這個時間，也不會碰到什麼重要人物吧，我想。所以我就懶得化妝，只在脣上塗了點口紅，穿著一身鬆垮垮的衣服，套上拖鞋就出門了。就在這時，我無意間看到商店櫥窗的玻璃上映出一個跟我很像的老太婆。

我心裡不禁發出「咯登」一聲，大吃一驚。

眼前，就在這一刻，我感覺自己又老了一點。寫到這兒，讀者或許會以為我為了保持年輕美貌，每分每秒都在拚命努力。其實完全沒有。我雖然身為女人，卻生性懶散，勤奮地做臉、按摩之類的活動對我來說，實在太煩人了。然而，我若是看起來比實際年齡蒼老，不論於公於私，都會帶來不好的影響。因為我到了這把年紀，至今仍是小姑獨處，而且我端著電視劇編劇這種需要青春氣息的飯碗。

每個人發呆的時候，臉上會不知不覺露出一些表情。這些表情累積起來，就會變成蒼老的皺紋、陰鬱的表情，或消沉的姿勢。所以我必須時時向自己發出警訊，提醒自己注意。

森光子[1]女士

加藤治子[2]女士

上述兩位女星經常和我一起工作，我對她們永遠都感到佩服。因為她們真的看起來都好年輕啊。現在若在這兒把她們的真實年齡寫出來，我可能會被罵吧。反正我記得她們應該已經五十五或五十六了。可是她們看起來真的比實際年齡小十歲呢。而且兩人都擁有一種天然生成的秀美，我相信她們獨處的時候，絕對不會像我上面描述的那樣，彎腰駝背癱坐在地上，或穿著邋遢地在街上閒逛，只要活著還有一口氣在，她們就不會做這些事情。

我想她們肯定活得生動璀璨，心中對一切事物懷抱好奇，跟年輕人保持友誼，擁有嗜好與樂趣，整天笑容滿面，很容易熱淚盈眶——說不定，還會談一場戀愛。

1 森光子（一九二〇—二〇一二）：本名村上美津，日本著名女演員，自十四歲出道起即活躍於電影、電視劇及舞台劇。後文提到的《放浪記》為其代表作之一，上演超過兩千場。

2 加藤治子（一九二二—二〇一五）：日本著名女演員。

不論身體多麼疲累，她們也不會去坐博愛座。在那搖晃不已的電車裡，她們抓不到吊環，所以就趁機鍛鍊身體的平衡感，同時也用貪婪的目光觀察同車乘客的表情和窗外景色。即使再過五年、十年，我想她們一定還是跟現在一樣。

她們始終優雅地微笑，絕不讓自己露出老態，也絕不讓年紀打敗自己。

轉眼環顧身邊真性情的朋友，大家看起來都比實際年齡年輕得多，我因此得出一個結論：她們全都不是悲觀論者。

我還認識另一些人，她們明明擁有能幹的老公，出色的子女，卻總是用負面想法臆測一切。也或許因為這個原因，她們臉上永遠都是嚴峻陰暗的表情。

整天為了將來而煩惱，其實最後也只能聽天由命。反正身邊也沒看到有誰餓死，大家肯定都能有一口飯吃的。我們必須擁有這樣的胸襟。我想，這也是保持青春的必要條件吧。

讓我們都為自己找個競爭對手。

這也是很有效的方法。

我要變得跟她一樣。

我要變得比她更年輕。

不論是有名的女星或是隔壁的鄰居太太，誰都可以當作自己的對手。請大家找一個具體對象（目標），瞄準標的，執行計畫。

同時，還可以再找另一個對象：

如果變成那樣就完了。

我才不要變成那樣。

像這種反面教育的標本，也可以順便找一個。古人早就告訴過我們了，不是嗎？

君子慎獨

記得我離開父母，自己一個人搬到公寓去住，大概是在三十三歲那年。

那時我剛剛辭掉出版社的工作，開始從事電視劇、廣播劇的劇本創作。因為電話放在家中的起居室，我接到電視台或廣播電台的電話，向他們說明劇情時，就不得不在家人面前說出肉體關係啦、接吻啦、懷孕啦……之類的字眼。這讓我非常尷尬，一心只盼著早點離開家，自己一個人住到外面去，所以當時等於是跟父親鬧翻的狀態下離家出走的，不過老實說，記得自己從家裡搬出來的時候，心裡其實是滿興奮的。

我用自己的存款租了公寓，購置了一些家具，然而，等我搬進新家之後，卻突然發現一件驚人的事實。

因為我發現，自己的言行舉止變得愈來愈過分了。譬如在平底鍋裡煎熟香腸之後，我乾脆就在鍋邊吃了起來；又譬如用小鍋煮好一人份的燉煮料理，我就直接把小鍋端上餐桌，不再用小碗分裝，而立刻把筷子伸進鍋去。

有時洗完了澡，剛穿好內衣褲，電話鈴就響了。我想反正也沒人會看到，便穿著內衣跑去接電話。等到掛斷電話後，又藉口天氣太熱，滿身大汗，所以又穿著內衣在家中走來走去，順便做些零零碎碎的雜務。

就連跪坐的姿勢，我知道自己現在跪也跪得不像樣了。跟在家的時候比起來，我的舉手投足，很明顯地看起來既怠惰又懶散。

因為平日裡比任何人都講規矩的父親，現在無法管教我，而且身邊再也沒有其他家人監督我了，我從前接受的家教，現在一下子全都垮台了。

儘管我十分享受眼前的自由，但心裡也很明白，這下不得了。糟了！完蛋了。我想。

記得有一句俗語說：「滾石直直往下落。」

滾石，這個字眼雖然神氣，其中含意卻很嚇人。

河流的堤防一旦決堤，河水就嘩啦一下，全部沖刷下來，不論是河水也好，滾石也好，一旦開始往下滑落，就不知會落到哪裡去。更恐怖的是，只要下滑的衝力累積到某種程度，根本就別再指望人力能夠挽回。

一個人的教養與規矩也是一樣。

首先是從平底鍋夾起香腸來吃，接著，外面買回來的零食，也不再分裝在小碟裡，而是直接撕破口袋，當場塞進嘴裡。再接下來，抓起筷子就戳進佃煮海苔的小瓶去夾海苔，等到下次再把筷子伸進去的時候，還能看到瓶裡殘留的白色飯粒呢。

想到這兒，真是叫人毛骨悚然啊。

我覺得這已不只是教養規矩方面的問題。

而是我的精神出了差錯。

我很清楚，自己的心底存在這麼一種因素。

這也是我的毛病：只要旁人看不到，我就想幹些不可告人之事。

沒有人注意我的話，我會把紙屑丟在「禁丟垃圾」的地方。

當初曾想去考駕照，後來卻又半途而廢，我對外解釋的理由，是因為朋友死於車禍。其實真正的原因，是因為我深知自己的毛病：身邊沒有旁人看著的話，我肯定會開快車。

自由確實是很不錯。

自己一個人過日子，簡直爽快極了。

但同時也有個非常恐怖的隱形陷阱，正張開大嘴等我掉進去。

那就是不守規矩和自甘墮落。

自由和自甘墮落之間只有一紙之隔，兩者等於就是一體兩面，有些人甚至還把兩者混在一塊兒，以為自由跟自甘墮落是同一回事。

「君子慎獨。」

也是在那段時期，我才明白了這句話的意義。其實，這句話是早就知道的，是因為自己那時即將變成墜落的滾石，才會覺得這句話好像第一次聽到似的那麼沁人肺腑吧。

不論有沒有人看見，即使只有自己一個人，原本應該謹守的本分就應該好好遵守。

哎唷！那時我竟說了那種話！竟然幹了那種好事！

雖然沒人瞧見，也沒被任何人發現，我卻做出那種事，真叫人感到羞恥啊！如果一個人失去了暗自臉紅的感覺，不論她穿著多麼高級的禮服，擁有多豐富的學識修養，她已經失去了做人的資格。

「君子慎獨」這句話可不是用來教訓別人的。

離家十七年的我，雖然至今仍然無法實踐這句話，但這是我用來告誡自己的警句。

水煮蛋

小學四年級的時候，班上有位同學的一隻腳不便行走。這位同學的名字叫作I。I不但一隻腳不能走，還有一隻眼睛也看不見，而且個子特別矮小，成績也是全班最糟，衣領總是沾滿汙垢，髒得閃閃發亮。一望即知，她家的經濟狀況不太好。I穿著跟她身高極不相稱的水手裝制服，看起來很像別人送她的舊校服。I的性格乖僻，儘管導師和其他同學都很憐憫她，大家卻不知不覺跟I保持著距離。

記得那天是我們秋季遠足的日子。

一大早，我扛著背包和水壺到校園去集合，當時我是班長，我看到I的媽媽朝自己走來。她的個子很矮，看起來就像個小孩，頭髮用手巾綁著。走到我身邊之後，I的媽媽從圍裙下面掏出一個大包袱對我說：

「這個，請大家一起吃吧。」

她再三嘀咕著，一面把包袱塞到我手裡。

包袱裡裝著一大堆水煮蛋，全都用舊報紙包在一起。我掙扎了一秒，因為叫我帶著那個熱呼呼又暖洋洋的包袱去旅行，實在太沒面子了，但是看到I的媽媽彎腰向我拜託的模樣，我又不好意思拒絕。

就在即將出發的隊伍最前端，我看到I正左右搖晃著肩膀，拚了命地緊隨同學一起向前邁進。前來送行的家長都聚集在校門口，但是I的媽媽沒跟大家站在一起，而是獨自躲在一旁目送我們出發。

後來每當我看到「愛」這個字，我不知為何總是想起當時那個髒兮兮的灰色包袱，還有那些熱呼呼又暖洋洋的水煮蛋帶來的暖意，以及始終站在那兒目送女兒出發的I的母親身影。

我還記得另一件往事，也是跟I有關的。那是學校開運動會的時候，I每次參加賽跑都跑最後一名。那次也一樣，其他學生都已到達終點了，只有她一個人還在跑，不，與其說是跑步，不如說是拖著一條腿在那兒搖晃比較恰當。就在I打算放棄跑步的瞬間，一位女老師突然從人群裡跑了出來。

我已經忘了那位老師的姓名，只記得她很老了，而且是學校裡最不受歡迎的老師，因為她脾氣古怪，喜歡教訓學生，明明不是我們的導師，卻常常罵我們不好好打掃。然而，那位老師站出來跟I一起開始跑步。老師慢慢地跟I一起跑了好一會兒，最後到達終點，她像攬著I似的，把I拉進校長的帳篷。因為跑到終點的學生，都能在這兒接受校長頒贈的一枝鉛筆。I走進帳篷後，校長站起來，彎下身子把鉛筆放在I的手裡。

每當我看到「愛」這個字，我就會想起當時的情景。

這已經是四十年前的往事了。

當時那個時代，沒有電視，也沒有雜誌，孩童的生活裡根本接觸不到「愛」這種抽象字眼。

對我來說，「愛」就是溫暖，是一種細微的勇氣，想停下來卻無法停住的自然衝動。我曾聽過一句話：「魔鬼就在細節裡」[1]，對我來說，「愛」就像這句話裡說的，是一個細節。

1 魔鬼就在細節裡：指德國建築大師路德維希・密斯・凡德羅（Ludwig Mies van der Rohe，一八八六—一九六九）說過的話：「魔鬼就在細節裡（The devil is in the detail）」。

草津的狗兒

俗話說，眼睛是心靈之窗。

最近很流行將這心靈之窗裝扮一番，或在窗口周圍塗上黑色窗框，或在窗上掛一幅藍色眼影做成的窗簾，但我認為，窗戶最大的優點就是能從內側欣賞外部的風景，又能從外側看出窗戶主人的內在美。

每當我想到眼睛，眼前就會浮起那隻在草津遇到的狗兒。

那是在白根山通往天狗山的滑雪場途中，一間山中小屋的人飼養著那隻狗。不，我不太確定那隻狗是不是他們養的。或許，牠只是附近的野狗吧。

十五年前我剛開始熱中滑雪的時候，白根山從山底出發的登山纜車路線就特別長，我想現在也跟那時一樣吧。途中若是遇到一陣小風雪，一路上可就冷死了，簡直能把遊客的手腳、臉孔都凍僵呢。走下纜車的時候，就連睫毛都已凍得結冰，鼻孔下面甚至還掛著兩條小小的冰柱。

下了纜車之後，周圍已是一片銀白世界，若想從這兒滑過林間的山路，我必須先弄暖身子才行，否則就危險了。於是我一面盤算一面開始往下滑，順著別人在雪地留下的痕跡滑下去，兩、三分鐘之後，自然而然地滑到一間山中小屋前面，這裡出售一些咖啡、拉麵之類的熱食。

那間小屋最受歡迎的食物是豬肉味噌湯。我記得當時好像是五十圓一碗吧。大家站在火爐邊，一面呼呼吹著熱氣，一面把熱湯喝進肚裡，那滋味真是鮮美極了。雖然湯裡只有三塊豬蹄筋。不過那蹄筋肉實在非常堅硬，只要我在那兒慢慢開始咀嚼，必定就會有一隻狗狗跑到我面前坐下。那是一隻雜種狗，長得不太好看，而且看起來瘦巴巴的。牠緊緊地瞪著我的嘴角，嘴巴微微一動，喉嚨裡發出「咕嚕」一聲，同時又向前靠近大約三公分。我才明白牠是想吃我的蹄筋肉，但我仍然佯裝不知，繼續嚼著嘴裡的東西。狗兒的喉嚨裡又發出「咕」的一聲，有點像鴿子的鳴聲，接著便舉起一隻前腳，輕輕放在我的滑雪靴上。

「我正等著喔，別忘了我。」狗兒好像正在對我說。

給牠吃算了，我想。但終究還是忍住了，又繼續嚼了一會兒。狗兒把身體輕輕地趴在我的膝蓋上，喉嚨裡再度發出一聲「咕」。那雙烏黑的眼珠使勁地向我祈求。我終於敗給了牠，把肉從嘴裡吐出來。碗裡僅有的三塊肉，就這樣被牠搶走了。

接著，我向四周張望一番，這才發現，被牠搶走肉塊的，不只是我一個人。只要牠看到有人叫了豬肉味噌湯，就立刻跑去坐在客人面前，緊緊地盯著對方的臉。

現在，我家附近的青山周圍也有很多狗狗，但這些狗兒擁有的是一雙受到豢養的眼神。不，不只是狗，就連附近的人，也都是這種眼神。那隻為了活命而以全身全心祈求一塊小肉的狗狗，也沒有誰教牠，牠就懂得利用全身肢體表達絕佳演技。我總是常常想起牠那雙眼睛，同時也暗自反省：我現在也活得像牠那樣認真嗎？

花束

大約是七年前的事情了。

那時，ＮＨＫ「銀河劇場」的錄影工作剛剛結束，劇組人員開了一個小型慶功宴。男主角森繁久彌[1]先生，導演和田勉[2]先生，再加上負責劇本的我，大家一起舉起啤酒杯，慶祝任務大功告成。

一陣熱烈的掌聲後，飾演女兒的和田現子[3]小姐向劇中的父親森繁先生獻上一束鮮花。那是一個大得令人驚訝的花束，跟和田小姐的高大身材很相配。鎂光燈不斷閃

1 森繁久彌（一九一三—二〇〇九）：原先為ＮＨＫ主播，後往舞台發展，演出範圍極廣，同時也是歌手，有國民演員之稱。
2 和田勉（一九三〇—二〇一一）：舞台劇及電影、電視劇導演。
3 和田現子（和田アキ子，一九五〇—）：韓裔日本女歌手及演員，台灣以往多寫作「和田秋子」。

亮，我跟平時一樣，悄悄地退到一旁。電視劇的編劇是一種影子般的角色。劇組人物好不容易一起合照，其中夾著一個莫名其妙的陌生人，肯定讓人看著覺得奇怪，所以我總是出於本能地退到一旁。

森繁先生在他雋永幽默的簡短致詞裡，對花束表達了謝意，又對和田小姐自然的演技表示讚賞，眾人再度響起一陣如雷的掌聲。接著，森繁先生很自然地退後兩、三步，走到我身邊，那時我正在鼓掌。

森繁先生微微舉起手裡的花束，然後低聲對我說：

「向田小姐，妳的時代來嘍。」

這句台詞真令我羞愧。就連我現在寫出來，也需要極大的勇氣。因為我只是依樣畫葫蘆，模仿別人寫些劇本罷了，根本沒有什麼了不得的才能。即使再過幾十年，也不可能有我的時代來臨呀。十年前，我因為參加了森繁先生的節目製作，才有機會踏進這個世界，當時的我只是個不起眼的ＤＪ劇本作家。經過一番笨手笨腳地摸索，我才剛剛混出一點名堂，森繁先生卻把那個巨大的花束送給了我。他那句令人汗顏的稱許，是我這輩子從沒聽過的讚美。

整理舊照片的時候，我發現一張有趣的照片。

當時我在一家電影雜誌編輯部上班，同時也開始為森繁先生寫DJ的廣播腳本。記得那是「文化放送」播出的一個帶狀節目，名字叫作《幕間三十分》。每次節目的最初三十分鐘，由森繁先生跟來賓進行訪談，譬如像剛發表為舞台劇《放浪記》女主角的森光子女士，或因為〈MEQUE MEQUE〉一曲而名聲大噪的丸山明宏[4]先生，都來節目當過來賓。節目的中段三十分鐘播放音樂，樂曲之間由我撰寫一些小故事、小插曲，擔負起貫穿樂曲的任務。後段三十分鐘則重播著名廣播劇的精采片段。換句話說，這是名副其實的森繁先生個人秀。

拍照的那天，節目總監市川三郎領著一位青年到錄音間來，把他介紹給森繁先生。

4 丸山明宏（一九三五—）：演員、歌手。因外型俊美，早期常做女裝反串演出。與江戶川亂步、三島由紀夫等作家為好友。一九七〇年三島由紀夫自殺前曾送給他一束玫瑰，他於一九七一年改名為美輪明宏。

「他現在雖是名不見經傳的見習演員，卻擁有特別的才能……」

市川三郎當時好像說了這樣的一段話。

那名膚色白皙的青年似乎對森繁先生十分崇拜。當時市川三郎剛好對攝影非常熱中，便向大家提議：我幫你們拍張紀念照吧。說著，他請森繁先生站在中間，然後叫我們三人排成一排。而那位青年額頭明顯地露出緊張的神色。

「站過來一點嘛。」森繁先生對他說。

「喔！是！」

青年嘴裡只應了一聲，依然堅持老規矩：緊跟吾師身後三步，絕不可踩到吾師的影子。

後來，青年向我們講述自己因肺病而臥床休養的痛苦經歷。他那淡然的語氣，既風趣又幽默，我覺得他不但善於表達，感受生活脈動的能力也相當卓越，並能靈敏地感受聽眾的反應。

那次見面後，大約又過了十年吧。有一天，我正在欣賞NHK電視連續劇《橫堀川》[5]，劇中那個演「青蛙嘴」的演員正在逐漸走紅。我從正面看清他的臉孔時，忍不住發出一聲：「啊！」

原來，他就是那天一起拍照的蒼白青年，現在嘴上貼著鬍子，變成了劇中的「青蛙嘴」。

後來我再度遇到他，藤岡琢也[6]先生，已是七年之後，我才有機會跟他說起在電視上看到他。

那天是在一個宴會上。我忍不住向他問道：

「藤岡先生，以前我們一起拍過照，您還記得嗎？」

藤岡先生用力點著頭說：

「記得啊。」

停了一會兒，他又說了一遍：

5《橫崛川》：NHK於一九六六至一九六七年播放的電視劇，由作家山崎豐子《暖簾》及《花暖簾》兩部作品改編而成。

6 藤岡琢也（一九三〇—二〇〇六）：電影、電視演員、動畫配音，因《橫崛川》的演出獲得多個獎項，最為台灣觀眾熟悉的作品應為《冷暖人間》第一季到第七季的主角岡倉大吉。

「我記得。」

第二遍是用一種滿含感慨的聲調說出來的。

那天，令人敬畏的老前輩曾對藤岡先生說了些什麼，我不清楚，但我知道森繁先生是見過大風大浪的人，他肯定說了些什麼，或許是「好好兒幹」之類令人安心的慰問，或許是「骰子丟出去，總會有收穫」之類的上進法則，也或許是森繁先生最擅長的隱蔽鋒芒人生觀，我想，藤岡先生應該收到了類似這樣的禮物吧。

從他說出「我記得」的聲音裡，我似乎感覺出他收到了禮物。

攀登一座大山的時候，山的全貌是完全看不清的。

登山者只知道，山腳下的原野廣闊，山腹中的森林深遠，而大山的樣貌能夠隨意變化。

也是從那時起，我才發現自己認識了一位多麼偉大的演員，偉大得令我感到恐怖。

我也從他那兒學到了無數的知識。

「語言得靠聲音表達。」

其中最有用的，應該是這件事吧。

「混蛋！」

譬如我寫了這句台詞，森繁先生可以根據各種不同的狀況，色調鮮明地用一百種、兩百種不同的聲音唸出來，就連我這寫台詞的人，都忍不住訝異，世界上竟會有這麼多不同的角色。

我甚至還打算發行一張LP唱片留給後人，題目就叫「森繁久彌的一千種混蛋」。最讓我感到獲益匪淺的，不是身為新劇演員的他，頭戴紅色假髮，唱歌劇般裝腔作勢地唸出哈姆雷特的台詞，而是在長達十年的廣播工作當中，我能跟他相識、相交，讓我聽到了一個身穿日式短褲，嘴裡嘎吱嘎吱地嚼著黃蘿蔔的日本男性所發出的純正嗓音。

誨我諄諄　南針在抱　仰瞻師道山高

我的父親經常調差，所以我從小就換過好幾個小學。

在我的小學畢業典禮那天，大家唱起驪歌的時候，我卻沒法跟其他同學一起嚎啕大哭，因為我在那所小學才上了一個學期的課。記得當時我是懷著有點無聊的心情唱著那首歌。現在回想起來，曾為我師的人物好像都不在學校裡。

其中排名第一的，就是森繁先生。

他總是斟酌字句，對我這匹劣馬進行獎懲並進的教育，有時給我灌點過濃的迷湯，有時又乾脆爽快地指出劇本的缺點。

二十年過去了，當年那個身穿僅有的一套斜紋呢西裝站在森繁先生背後淺笑的女孩，現在已經到了需要老花眼鏡的年紀。撥開頭上的髮絲，也可以看到我頭上已有許多白髮。

當時那種不懂疲累為何物的體力，那種橫衝直撞的衝勁，現在都沒有了。相對的，當時對別人的感覺不太了解，現在才終於能夠有所體會。我想，自己就算到了這把年紀，其實還是沒資格書寫有關森繁先生的文章，現在因為看到這張照片，才發現自己以往是多麼無知。昔日的舊事重新在腦中湧起，我不禁偷偷伸手拭去一把冷汗。

職業與我

不久前，我接到一通長途電話，是從四國的高松打來的。話筒裡傳來女人的聲音。

「請問您是三十五年前，在高松的四番町小學就讀過的向田小姐嗎？」

我在那所小學只讀了六年級第二學期，不過當時確實曾在那兒接受過師長的關照，所以我便回答：「是的。」

「原來真的是您啊。不瞞您說，開同學會的時候，大家都猜您可能就是從前那位向田同學。但我們當時的導師田中老師認為不可能，他非常堅持自己的看法，還說他認識的向田邦子，是個跑得很快的女生。」電話裡的女人說。

當年因為父親經常調差，我曾經換過七、八個學校。那時班上到底有幾位同學，我也記不清了，不過電話那頭的同學，倒是笑得非常開心。

我從小喜歡運動，也很擅長運動。

白天有太陽的時候，我總是在操場練習排球或田徑項目，天黑之後，我就一頭鑽進父親收藏的書堆裡。從前的我就是這樣的女孩，從沒想過將來要靠寫作維生。進了大學之後，我雖然主修日本文學，但在同學都熱中於創辦文學刊物的時候，我卻為了排球和打工忙得不可開交，整張臉都被太陽晒得黑漆漆的。

說來慚愧，原本喜歡操場甚於教室的那個女孩，後來開始搖筆桿的動機，其實是為了錢。

走出校門之後，我到出版社去上班，工作內容是編輯電影雜誌，薪水非常微薄。當時我正對滑雪很感興趣，每年到了冬天，我就覺得零用錢不夠花。

「只要寫一部電視劇的劇本，就能去滑一天雪喔。」

就在那時，有人向我介紹了電視劇。

我無法抗拒想去滑雪的欲望，所以便模仿別人的劇本，寫了一部交出去。我想，那應該也算不上什麼劇本，誰知後來竟錄取了。於是，我就用那筆有生以來第一次領到的稿費，跑到藏王去滑了一趟雪。回來之後，我又寫了一部劇本，然後便直奔白馬滑雪場。

我是個非常講求現實的人，對我來說，什麼崇高理想都不重要，但如果每天過得無趣無聊，我卻無法忍耐。那時是我在出版社上班的第七年，工作方面已逐漸熟悉得開始生厭，我只好靠滑雪來排解煩悶；當初原是為了賺取滑雪資金才展開的業餘副業，我反而愈做愈有趣。

就這樣，票友變成了正式演員，我在工作之餘連續寫了三年劇本之後，決定辭掉出版社的工作，只靠一枝筆養活自己。

儘管如此，我完全無意寫出什麼留名後世的大作，也不打算在電視界掀起什麼新奇風潮，這類雄心大志，我可是一絲一毫也沒有的。我只是對電視圈這個未知世界生出了好奇，好像覺得自己能從其中挖掘到什麼似的。

儘管我後來也曾三心二意，不僅幹過雜誌特約記者，也做過廣播節目，但是從八年前開始，我決定集中全力創作電視劇本，到現在為止，總共發表了將近五百部作品。

別看我說得這麼輕鬆，就以為寫劇本像水黽在水面滑行，滑著滑著就寫出來了，世上哪有那麼容易的事情？就連我這隻極樂蜻蜓也曾多次嘆息：「哎呀！誤入歧途啦。」

碰到上述情況時，我發現自己好像總是努力去從工作當中尋找樂趣。

女人若不能從自己的職業裡找到樂趣，只是為了盡義務，她臉上就會布滿厭煩的表情，待人的態度也會顯得不耐煩。

即使只是微不足道的小樂趣也行，只要每天能從工作裡找到一些新發現，讓你發出讚嘆：「喔？原來如此！」我想，埋頭苦幹也能變成一件樂事。像我這種散漫的懶蟲，也只有利用這種方式才能繼續做下去。

我還向身邊的朋友提出請求：

「你們要是看到我的表情、眼神變兇了，就要直接提醒我唷！」

因為到了我這種年紀，想要轉業也很難了呀。所以我每天都要為自己找出一件趣事，雖然稱不上是日行一善，卻能藉此轉換心情，然後抱著半開玩笑半認真的態度書寫我的電視劇本。

IV

VI

反芻旅行

母親到香港去旅遊，大約是在五年前。

那時，父親去世七週年祭典也辦完了，我想趁母親腿腳還算健朗，應該讓她到外國去散散心。

當然最好是由我自己跟著一塊兒去，但我的工作日程實在排得太緊湊，無論如何也抽不出空。所以我就讓妹妹陪著一起去，同時也請旅行社雇了一位可以陪母親吃飯的女性翻譯。其實旅遊套餐也是不錯的選擇，但是讓一個不慣出門的老人去跟團旅遊，我又覺得有點不忍，結果，這趟旅行的旅費再加上其他花費，確實不是一筆小數目。

母親第一次聽說旅行計畫時，表示強烈反對。

「才不想去呢。」她說。

我又不是什麼大人物，這樣會遭報應的。一下子浪費這麼多錢，妳爸爸一定會罵我。母親說出各種拒絕的理由，就是不肯接受我的安排。

母親這輩子總是把丈夫、子女擺在第一位，自己的享受擺在最後，老實說，她這大半輩子等於是一場空。

一輩子就出門玩這一趟，不會有報應的啦。我還記得當時是半哄半騙地把母親送上飛機。

那次的香港之旅，母親似乎玩得非常開心。雖然前後只有五天四夜，但是現在提起那次旅行，母親的眼中仍然閃閃發光，聲音也變得非常爽朗，好像突然年輕了十歲似的。

若是在報上的電視節目表裡看到跟「香港」有關的節目，母親一定算準時間，轉到那家電視台。

不僅如此，她還會打電話到辦公室通知我：「妳把電視轉到某台看看，有香港的報導喔。」

這條街，我好像去逛過嘛。

喔？這家餐廳，我好像也去吃過吧？

我發現母親就像這樣，只要名字裡面有「香港」兩個字，不論是一張照片，或是一句說明，都不肯放過。

我記得自己那時曾對母親說：

「香港已經看夠了吧。您都親自去過了。還是看那些沒去過的國家的節目吧。」

說得很對！母親點著頭說。但她好像對法國或美國的節目都沒興趣，還是跟從前一樣，繼續在電視螢幕上尋找香港。

現在仔細想想，我在母親面前表現出一副經驗老到的模樣，其實自己跟母親還不是一樣？

譬如像我去過的國家，祕魯、新加坡、牙買加、肯亞、突尼西亞、阿爾及利亞、摩洛哥……等，只要節目裡出現了這些國家，就算只有一瞬的鏡頭，我也專注地凝視著螢幕。

看到跟自己見過的相同景色，心中真是既高興又懷念，如果是沒看過的，又不免懷著悔妒參半的心情聆聽說明，感覺自己觀看這種節目的眼神，比看那些從沒去過的國家時更尖銳，也更專心。

記得很久以前我對朋友說，有人前一晚在電視上看了棒球賽，第二天早上還得買份報紙重新確認賽局，這種事簡直是浪費時間和金錢，太可惜了。

那位朋友聽了，盯著我的臉孔看了半天。

「妳還年輕啦。」

他說。

「我覺得啊，不只是棒球，任何事情都是反芻起來最愉快。」

旅行或戀愛的當時，當然是很愉快的，但是反芻起來則更有趣。但那些正在反芻青草的牛呢？牠們不斷動著嘴巴時也在回憶吃草的情景嗎？

模擬故鄉

二十多歲的時候，我非常討厭民謠。

不，是我故意裝出不喜歡的樣子。

那時的我認為蕎麥麵、天婦羅之類的食物都很鄉土，都令我厭惡，像牛排、燉牛肉之類的料理才算美食。跟民謠相比，我認為法國香頌和歌劇的地位更高，就像我覺得咖啡比番茶[1]更時髦、更有文化一樣。

然而，等我過完三字頭，即將步入四字頭的時候，我才發現，蕎麥麵和番茶要比牛排、咖啡更能撫慰疲憊的心靈。也就是從那段時期起，我比較能以誠實的態度面對民謠了。

1 番茶：日本烘焙綠茶的一種，多指夏天之後才採收的茶葉，等級較次。

聆聽〈佐渡桶歌〉[2]的時候，我不需要像聽莫札特的音樂時那樣，把背脊挺得直直的，欣賞〈颯颯時雨〉[3]的時候，我也不必像聽阿茲納弗[4]或巴頌[5]的時候那樣裝模作樣。

聆聽民謠不必換上作客的盛裝，也不必化上妝，高高挺起背脊。我可以穿著前年買的那件已經起了毛球的毛衣，縮著背鑽進暖桌裡，一面聽一面吃著橘子，若是聽得頭腦迷糊起來，不妨就把身體伸直了，躺在榻榻米上打個盹兒吧。睡夢中，你知道會有人怕你感冒，替你拿來一件和式棉衣蓋在身上。民謠就擁有這種溫暖人心的力量。

我出生在東京，從小在東京長大，所以我家並沒有所謂的「故鄉」。

或許也因為這個理由，五木宏[6]所唱的那首叫什麼的歌裡，有這麼一段：

祭典近，汽笛響，

只有一條洗舊的牛仔褲。

每當我聽到這一段，心中總是升起一種十分羨慕又有點酸溜溜的感覺。

因為新年和中元節沒有老家可回的人，也就無法擁有故鄉山水、家鄉菜餚、盂蘭盆舞和故里民謠。

但不知為何，當我聽到別人的故鄉民謠時，心裡卻會忽地一下變熱起來，儘管那是我從沒去過的陌生土地，卻好像喝了一杯熱開水似的，心頭感到非常溫暖，而且那暖意會一直升到眼角。

每次我一聽到〈江差追分〉[7]就糟了，幾乎每次都會出現類似的狀況。〈佐渡桶歌〉也容易令人失控，還有〈郡上節〉[8]，聽這首歌要是不做好心理準備，不知為何

2〈佐渡桶歌〉（佐渡おけさ）：佐渡地方傳統民謠。
3〈颯颯時雨〉（さんさ時雨）：十六世紀末日本民謠，相傳為伊達政宗軍隊於戰勝後所作。
4 阿茲納弗（Charles Aznavour，一九二四—）：法裔雅美尼雅籍男高音。
5 巴頌（Georges Charles Brassens，一九二一—一九八一）：法國傳奇詩人與香頌創作歌手。
6 五木宏（五木ひろし，一九四八—）：知名演歌歌手。
7〈江差追分〉：北海道民謠，已指定為無形民俗文化遺產。
8〈郡上節〉：「郡上踊」時搭配的音樂。郡上踊（郡上おどり）是岐阜縣郡上市八幡町在盂蘭盆節（即中元節）時舉行的節慶舞蹈。

就會變得很傷感。

那些在北海捕捉鯡魚的漁民，還有在佐渡金礦苦幹的礦工，為什麼他們血中的喜怒哀樂會在我的血管裡掀起驚濤駭浪？

或許，日本人祖先的喜悅與悲哀原本就一直沉睡在我的血液裡，待我聽到民謠之後，那些情緒就遭喚醒，在我體內掀起萬丈波濤。

年輕時，我很抗拒自己是日本人，所以總是故意追求香頌、牛排，但我似乎總聽到有人在耳邊提醒：

「不論妳再怎麼掙扎，這就是妳的根！」

現在，我一點也不在乎這種感覺了，每當我轉換電視頻道欣賞民謠節目時，甚至還感到非常欣喜，好像正要去跟自己的曾祖父母重聚呢。

日本女人

我在旅館的餐廳碰到過一群全是女性組成的外國觀光團。雖說她們來自美國，但以日本的標準來看，這些女人給人的感覺，好像是存了幾年的旅費才好不容易來到嚮往已久的日本。團體的成員幾乎全是中年或老年婦女，其中還有兩、三位坐著輪椅。

那天一大早，她們大約三十多人，全都打扮得像去參加盛宴，人人身上飄著濃烈的香氣，整團占據了大餐廳中央地帶，一群人正在大聲嘻笑著享用早餐，那幅景象實在非常壯觀。

但是最令我驚訝的，還是她們對自己那份雞蛋要怎麼料理而提出了各種要求。當時桌邊有一名侍者，手捧點菜單，一個一個詢問客人的要求，而這些全身打扮得花枝招展的女人都用雙眼直視侍者，語氣堅定地說出自己的願望：

「水煮荷包蛋。」

「原味煎蛋捲。」

「我要水煮蛋，只要煮一分鐘半。」

點了水煮蛋的女人甚至還明確指定水煮的時間。幾乎沒有一個人對侍者說：「我跟隔壁的人點一樣的就好了。」真是太厲害了！這就是所謂的洋式作風吧？也因為那時的我還沒出國旅行過，所以不禁欽佩地看著大家。接下來，等到大家指定的雞蛋料理端出來的時候，我又再次受到震撼。

「這不是我點的料理喔。」兩位老婦說著，把自己面前的盤子推向侍者。其中一人還坐著輪椅。

我不禁想到跟她們年齡相仿的母親，還有已經過世的祖母。往日那種規矩繁多的家庭裡，女人雖然很少到外面去吃飯，但是一年當中，總還是有機會跟著全家一起到蕎麥麵店或鰻魚店吃上一頓的。每當我家遇到這種情況，母親和祖母總喜歡讓全家都點相同的料理。

「奶奶，您吃親子蓋飯啊？那我也跟您一樣吧。」

說著，母親便轉眼望向幾個孩子。

「你們幾個也吃親子蓋飯，對吧？」

通常母親還是會問我們一聲的，那音調卻在暗示我們：「就點親子蓋飯吧。」雖然她的意思是，店家夠忙的了，不要給他們添麻煩，但我覺得母親似乎還有另一層顧慮：不想讓小孩點太貴的食物。

記得有一次，我們明明點了鰻魚蓋飯，結果端上來的卻是鰻魚便當。母親和祖母的臉上閃過非常為難的表情，但她們彼此用眼神打個招呼，就讓侍者把便當放在桌上。

「別跟他們說了吧，奶奶？」

母親問祖母。

「多餘的支出，等下叫他們自己解決就行了。」祖母偷笑起來。接著又說：「現在跟他們說弄錯了，多不好意思。」

儘管我走訪過的國家有限，但我親眼看到西歐女人即使在餐廳點菜，也要明確說出自己的意見。我覺得這種作法非常正確，也對她們那種無所顧慮的態度感到敬佩。我覺得自己也得向她們學習，卻很難付諸實行。

因為我心裡仍有某個部分勸告自己，反正只是一頓飯嘛，堅硬的水煮蛋也好，煎蛋捲也罷，反正下肚之後還是雞蛋啦。譬如從前到摩洛哥旅遊時，反而因為自己點錯菜，而吃到一種像大蔥似的新奇沙拉呢。

在別人面前表現「不好意思」，這種行為可視為好面子，也可視為害羞，同時也可以看成是羞澀、謹慎、體諒，喔，應該還不只如此，我覺得上述這些行為的背後，應該還藏著某些其他的東西。

譬如在別人面前吃東西所產生的羞恥感；「在家吃比較便宜」的想法帶來的罪惡感；或甚至因為自己身為女人而感到靦腆。我認為上述那些行為當中，多少也混雜了少許這些感覺吧。說得更明白一點，或許就是對生存的畏懼。

從婦女解放團體的角度來看，我的看法或許會被譏為迂腐、陳舊，但我對日本女人的這些特點並不嫌惡。我想，有關日本女人的人權與思想等研究，若能以上述特點為基礎而開出璀璨的花朵，那該多好啊。

安徒生

第一次來訪的客人對我家附近環境很陌生，我想把自家的位置簡明扼要地告訴客人，但這任務很不簡單。因為我雖住在公寓裡，但我家所在的青山周圍已是公寓構成的部落，而且這些公寓的名稱全都非常相像。有時明明告訴訪客要在地鐵「表參道」車站下車，客人卻在「外苑前」下了車，更令人意想不到的是，外苑前車站附近也有一棟跟我家公寓名稱相仿的建築，結果訪客跑進那間公寓，卻聽到管理員奮力辯駁說：

「這個人不住在這裡喔。」

我的訪客當中，每年幾乎都有兩、三人會遇到這種倒楣事。

不過，當我在同一間公寓住滿十年之後，說明的技巧自然也就有所長進。如果對方是十幾或二十幾歲的年輕人，看起來似乎逛過原宿的話，我就會對他說：

「『安徒生』知道嗎？」

「麵包店？」

「就在那間麵包店的正後方。」

這樣一說，我家的位置解說就算解決了。

「安徒生」確實就像年輕朋友說的那樣，是一間介於麵包店與蛋糕店之間的時髦商店。十年前剛開張的時候，由於顧客可在店內端著托盤，自由選取喜愛的麵包，這種自助式選購頗受歡迎，因此這家麵包店也變成了我家附近的著名景點。

但如果碰到四、五十歲的朋友，前述的解說方式就行不通了。

「青山大道上有一家叫作『安徒生』的麵包店……」

我必須這樣解釋才行。

「啊？『安徒生』是麵包店啊？」朋友聽了有點失望地反問。

「喔，反正安徒生也吃麵包吧。那也沒辦法啦。」

說完，那位朋友又問了一遍：「『安徒生』居然變成麵包店了？」

老實說，會提出這種問題的人，通常也不容易聽懂我的路線說明，總是得讓我反覆說上好幾遍，有時碰到截稿時間快到了，真的會把我急死。

不過事後再冷靜地想想，聽不懂才比較正常吧。那些一聽「安徒生」立刻反問「麵包店吧」的年輕人，反而又會令我感到不以為然。

所以我有時也故意捉弄他們一番。

「『安徒生』知道嗎？」

「麵包店吧？」

「別馬上說這種話呀。我是在問你真正的『安徒生』啦。」

「咦……喔，安徒生……是什麼來著？」

年輕人被我這麼一問，肯定都答不上來。

「啊！我想起來了，是北歐哪個港口的人魚銅像吧，不對嗎？」

年輕人好像無法立刻想出答案。或許他小時候只讀過《小鬼Q太郎》[1]或《少年

1《小鬼Q太郎》（オバケのQ太郎）：日本漫畫家藤子不二雄的漫畫作品。

英雄鬼太郎》[2]，從沒唸過《沒有圖畫的繪本》裡的〈賣火柴的女孩〉，更沒被那個故事感動得流過淚吧。我不免又想起那首法國香頌〈米哈波橋〉（Le pont Mirabeau）的歌詞，這真是「時不我予空悲嘆」啊。

原本慶幸自己還有很多時間，誰知人生竟已過去了一大半。或許最近心有所感吧，我打算在週刊連載專欄裡寫一篇有關「布施」的文章。寫著寫著，突然想起有位導播剛好姓「布施」，所以打電話給他。那位導播正在錄影，節目的劇本就是我寫的。我向他請教姓氏的由來，還有他的姓氏跟「布施」的關係。誰知他竟回答說不知道。

可能當時正好碰到情緒不佳吧，我不免火冒三丈發起脾氣罵道：

「你這個人，難道沒向父母請教過姓氏的由來？也沒研究過嗎？」

對不起，是我疏忽了。導播被我罵得連聲道歉。掛斷電話之後，我突然想起一件事。剛才對別人亂發脾氣的我，也從來沒向父母問起過自己的姓氏向田的由來呀。姓氏這東西就像空氣一樣，從出生的那一刻起，一直緊緊地跟著我，所以我從沒特別注意過它的存在。布施先生沒有反駁我的指責，可能是因為我的劇本延後交稿，所以他正忙得顧不上其他的事吧。

寫到這兒，我又想起有一次為了安徒生，還在電話裡教訓過年輕的編輯。

「你們小時候沒唸過《安徒生童話》或《格林童話》嗎？」

編輯聽我一副自豪的口吻，便反駁說：

「《安徒生童話》我還記得呀。《格林童話》可沒聽過，寫了些什麼故事呢？」

那時我竟目瞪口呆地說不出一句話。

2 《少年英雄鬼太郎》（ゲゲゲの鬼太郎）：日本漫畫家水木茂的漫畫作品。

馬戲團

馬戲團到鎮上來了。

團員裡最受觀眾歡迎的，是侏儒小丑。一名新聞記者連忙趕去採訪。到了小丑投宿的旅店房門外，記者敲了敲門，裡面傳來一個低沉又厚重的聲音說：「請進！」

推開房門一看，裡面站著一位高大得必須抬頭仰望的男人。記者以為自己走錯房間，正打算退出去。

「就是我啦。」男人說。

「你怎麼這麼高大？」

「當然啊。今天放假嘛。」

這段英國笑話充分表露了馬戲團的恐怖。

觀眾去看馬戲團表演時，心中所期待的是，百分九十九的成功，還有那百分之一的意外。

如果機車秀絕對不會發生意外；

如果鬥牛士絕對不會被鬥牛戳死；

如果空中飛人的鞦韆絕對不會墜落；

到馬戲團來看熱鬧的人數大概會減少一半，觀眾的嘆息、興奮、鼓掌大概也會比現在少一半。

我們被小丑逗得哈哈大笑，又在心底懷著幾分期待，希望看到馬戲團發生悲劇。但在大部分情況下，這種期待總是落空。我們全身冒著冷汗，汗水的重量正好跟門票的價格成正比。流完了汗，我們懷著既像放心又像悲哀的心情返回家門。從馬戲團走出來之後，心情好像特別輕鬆，晚上也會作個特別的美夢。

笑與嘲笑

我們家的人一喝起酒來就愛說笑。

母親跟我們幾個女兒只要笑鬧起來，就沒完沒了，停不下來。不過這方面的遺傳似乎只傳給了女生。父親喝酒之後幾乎不笑，反而會生氣發怒。

舉例來說，譬如來訪的客人正要回家，在玄關穿外套的時候不小心把手戳進袖裡的破洞，結果客人的身子順勢一搖，差點跌倒。母親看到這種情形，總是站在客人身邊招呼，好像什麼都沒看見，她的全身卻在爆笑，背脊和臀部都不斷地抖動，抖得就像一塊蒟蒻。好不容易等到客人的腳步聲逐漸消失，母親才扶著鞋櫃大笑起來，排列在母親身後送客的幾個孩子，也跟著母親一起笑彎了腰。

「混蛋！有什麼好笑！」

這時，父親必定對我們大聲喝斥。

「家裡要是有個懶婆娘，男人到了外面，肯定就會丟臉。妳們都給我看清楚吧。」

父親似乎覺得男人為了這種事遭人恥笑，實在有失體面。說完，父親便聳著肩膀返回屋內。

記得曾在哪裡讀過，人類和動物的不同之處，就是人類會笑，但同樣都是人類，男人的笑和女人的笑卻不一樣。

男生覺得彼此忍笑互瞪的遊戲不好笑了，就表示他們已經長大成人；女生看到奇怪的臉孔不再覺得好笑時，表示她們已經變成老太婆，或者快要翹辮子了吧。看到筷子掉落地面會發出笑聲的，是女人，男人從不會為這種事情哈哈大笑。女人只對自己熟悉或看得見的事物發笑。政治或社會現象對女人來說，都是看不見的東西，等於是一副抽象畫。但是女人雖會發笑，卻不懂得嘲笑，女人的身體構造天生就不知道如何嘲笑。

我從沒看過祖母或母親因為近衛兵團[1]、東條英機[2]、吉田茂或池田勇人[3]……等名詞而發出笑聲。不過，好在我們還有山藤先生[4]。我用「還有」這兩個字，或許有點往自己臉上貼金，但山藤先生在他的連載諷刺漫畫《黑三角》裡，確實用漫畫給我們上了一課。他讓諷刺變成了有形有色的東西，並且還為我們附上了解說，原本抽象的東西變成了具體的形象。今天大家都說男女平等，但是在揶揄方面，女人畢竟還處於「開發中」階段，我這麼說，並不是譏諷女性，總之，還好我們有了山藤先生的漫畫，女人才總算能跟男人一起嘲弄人間百態了。

這一切都得感謝山藤先生。

山藤先生的作品當然不必我多說什麼，他的漫畫既尖銳又溫暖，既輕鬆又沉重，既有品味又充滿睿智，同時還具有猛烈的劇毒。劇毒當中又飽含開朗的歡笑。

---

1 近衛兵團：原為日本天皇的近衛軍，曾於一八九五年參與接收台灣的戰役。

2 東條英機（東条英機，一八八四—一九四八）：二戰日本主戰派陸軍將領，為軸心國核心領導幹部，並策劃珍珠港事件。

3 池田勇人（一八九九—一九六五）：於一九六〇—一九六四年期間擔任日本首相，被視為帶領日本經濟成長的政治人物。

4 山藤先生：指日本的諷刺漫畫家山藤章二。

通常，毒物是無法跟開朗或羞澀混為一體的吧。譬如檸檬就該有檸檬的顏色、形狀與氣味；又譬如河豚，天生長得一副恐怖猙獰的模樣。

然而，這個世界上還有一種河豚檸檬，既有檸檬的外觀，卻又有河豚的劇毒。山藤先生長得高大白皙，天生一位美男子，幾乎可以充任日本男星根津甚八[5]的替身。我曾在座談會裡目睹他那傳說的俊秀容貌，心裡不免慨嘆，天下竟有如此俊美的男人。不過仔細想來，河豚倒也跟他一樣，擁有雪白美麗的身形，還有美妙極致的滋味。檸檬雖然爽口，卻也有刺舌的酸味，檸檬汁直接塗在臉上雖能美白肌膚，但是酸性刺激過強，第二天早上臉蛋就會脫皮。

為了吃河豚肉，我是不怕死的。既然我現在打出名號以筆耕為業，當然也希望在有生之年能被山藤先生看中。就算再讓我等待幾十年也無妨。說得直接一點，我早就懷抱著小小的心願，希望自己能寫出一番名堂，讓山藤先生哪天願意幫我畫一張漫畫人像。

但是萬萬沒有想到，夢想的那天竟然這麼快就來了。就在《富士晚報》上，雖然是跟很多人在一起，但是山藤先生真的為我畫了一張漫畫人像，大約有一元鎳幣那麼大！

「哇！好高興啊！」我正在雀躍興奮，緊接著，我又暗自慘叫了一聲：「唷！」因為那張人像比我本人更像自己。

我雖不靠臉蛋吃飯，畢竟也是一個女人。那天跟山藤先生見面之前，我先把紅的藍的各種顏色都往臉上塗抹一番之後才走出了家門。然而，我的漫畫人像看起來卻是剛從床上爬起來的臉孔。更令我驚訝的是，那張臉雖然很像我，卻更像我舅舅，也就是母親的兄弟三郎舅舅。做人真是不可掉以輕心啊。當代首屈一指的漫畫人像大師不僅能擦掉一面之緣的女人臉上的化妝，甚至連她家親戚的模樣也能一眼看穿。

現代的年輕人最讓我感到羨慕的，是他們成長過程中，每年都有流行歌曲誕生，而且能跟卓越的諷刺家一起成長。

一九七七年，也就是昭和五十二年，這個年號雖然沒在人們心中留下深刻的印

5 根津甚八（一九四七—二〇一六）：日本演員、導演、編劇。

象，但是那一年給大家留下許多記憶：都春美的民謠〈來自北方的旅館〉[6]、電影《獄門島》[7]的鬼頭一家、美國電視連續劇《根》[8]，研奈緒子在金鳥蚊香廣告裡的台詞「死了啦」，接著，貓王就「死了啦」；此外，還有女生二人合唱組AMING[9]、熊貓來日、電影《八甲田山》[10]的流行語台詞「老天不管我們了」、糖果合唱團[11]唱完〈愛情海〉之後宣布解散、大麻、職棒選手江川卓[12]，如果再加一本連載漫畫《黑三角》，屬於這一代的開心老歌集錦就算大功告成了。

寫到這兒，我不免感到惋惜，如果山藤先生早生幾年，「查泰萊審判」[13]、新興宗教「跳舞大神」[14]、日本電視台電視劇《請問芳名》[15]、「奧黛麗赫本旋風」[16]、

6〈來自北方的旅館〉（北の宿から）：由日本演歌歌手都春美（都はるみ，一九四八—）演唱的作品，曾於一九七六年獲得第十八屆日本唱片大賞。

7《獄門島》：日本推理作家橫溝正史以偵探金田一耕助為主角的系列作之一，曾多次改編為影視作品。此處應指一九七七年由市川崑導演、石坂浩二飾演的版本。「鬼頭」為其事件家族的姓氏。

8《根》（*Roots*）：一九七七年美國電視劇集，改編自非裔美國作家亞歷克斯·哈利（Alex Haley，一九二一—一九九二）的同名小說。

9 AMING：由岡村孝子與加藤晴子組成的女子團體，曾於一九八一至一九八三年展開演藝活動後中止，又於二〇〇七年復出。

10《八甲田山》：一九七七年由小說《八甲田山死の彷徨》改編，為一行軍山難主題作品，由森谷司郎導演、高倉健等人主演。

11 糖果合唱團：活躍於七〇年代的女子團體，於一九七七年七月極盛時期宣布引退。

12 江川卓（一九五五—）：棒球投手。曾被稱為「一百年才會誕生一個的天才」，由於選手生涯早期過度使用手臂，三十歲起飽受肩痛所苦，於一九八七年引退。

13 查泰萊審判：指英國作家D．H．勞倫斯（D. H. Lawrence）一九二八年發表的小說《查泰萊夫人的情人》，一九六〇年由企鵝圖書正式出版時，被指控內容過於猥褻，遭到英國法院審查。同年十一月二日判決企鵝圖書無罪，此結果對英國出版自由形成深遠的影響。

14 跳舞大神（踊る神様）：或稱「跳舞教」（踊る宗教），正式名稱為「天照皇大神宮教」，五〇年代創於山口縣的一種新興宗教。一九四八年傳至東京時，教眾閉著眼睛以舞蹈表現受到上帝拯救的喜悅而為人所知。

15《請問芳名》（君の名は）：原為一九五〇年代廣播劇，故事從二次大戰東京大空襲那一夜偶然相遇的一對男女展開。因廣受好評，多次改編為電視劇及電影，此處指的應是一九六六年由日本電視台拍攝的版本。

16 奧黛麗赫本炫風：日本人對氣質高雅的奧黛麗赫本頗具好感，她曾於八〇年代以《羅馬假期》的形象現身多個日本電視廣告。

「夢露步態」[17]，還有「六〇年安保」[18]等事件也會被他當作漫畫主題，因而留下更多生動鮮活的人間百態圖像，深深刻印在我們腦中吧。

我在上面形容山藤先生的作品具有劇毒，卻能溫暖人心，而事實上，曾被山藤先生毒牙咬過的人，應該獲益良多吧。

有些人因為遭到諷刺、譏笑，原本該受的懲罰反而減輕了。漫畫有時會讓我們發現，每個人在他人眼中都是不正常的。山藤先生會把那些怪人拉出來遊街示眾，杖責一百大板，但他絕不會將那些人趕盡殺絕，也不會斬首示眾。他把那些怪人當作畫中主角，竭盡嘲諷之後，再將他們塑造為負面名人作為救贖。也因此，今後不論哪位當權者被山藤先生當作揶揄的對象，不論山藤先生如何諷刺那位當權者，他都不會遭到黑手暗殺吧？反過來說，當權者要是不受山藤先生的青睞，不再被當成漫畫的主角時，政治生命也就結束了。

剛才提到父親一喝酒就愛發脾氣，記得小時候看到父親讀報或聽廣播新聞，他從沒露出過笑容。

或許因為老式的日本男子根本不懂如何譏笑別人，也或許因為那個黑暗時代沒有任何值得譏笑的題材。

我不認為現在是個多好的時代，但至少現在沒有戰爭，也沒有天天死人。今天，我們可以隨意笑罵。而且每週都有新的《黑三角》誕生，也能證明現在是個充滿希望的時代。譬如像韓國或柬埔寨，就不可能誕生另一位山藤先生。

不知是否因為自己是從那黑暗隧道一般的時代走過來的，也可能因為自己想把從前沒有笑夠的部分彌補回來，我期待在今後的生活裡，能有更多機會嘲諷這個時代。

山藤先生的作品令我發笑，同時也讓我明白，女人也能慢慢懂得嘲諷的含意；原本難以接受的諷刺藝術，女人也能嘗出個中滋味。翻開報紙第一版，女人也會苦笑、

17 夢露步態：好萊塢傳奇影星瑪麗蓮夢露（Marilyn Monroe）因走路姿態扭腰擺臀、婀娜多姿，形成一專有名詞。後有日本歌手南佳孝於一九七九年創作同名單曲。

18 六〇年安保：安保為「美日安保條約」（美國與日本之間互相合作與安全保障條約），由於民間普遍對戰爭反感，同時擔憂條約將損害日本民主發展，自一九五九至一九六〇年期間發動多次抗爭，對六〇年代世界各地的學運潮皆有所啟發。

失笑或爆笑，並發出一聲慨嘆：「好笑！」

必須等到這一刻，真正的「男女平等」才算誕生。我認為山藤先生的《黑三角》也就是「男女平等」的領航員，也等於是「男女平等」的練習台或踏繪[19]。

19 踏繪：德川幕府時期禁止基督教，以要求對方踩踏耶穌像、瑪利亞像或十字架探明是否為基督徒。

伯爵的最愛

先在左耳的耳垂上點上一滴。這是我試用一種新香水的慣例方式。灑完香水，我故意一聲不響地坐下來。正在沙發上睡午覺的伯爵微微睜開眼，慢吞吞地伸展著身子，然後站起身來。他已經發現了，但是為了維持尊嚴，他沒有諂媚地立即奔向我身邊，反而故意裝出一副不關我事的模樣，走到桌邊，把身體在桌腳上來回磨蹭一番，才露出「陪我玩玩吧」的表情向我走來。

伯爵是一隻公貓，出身泰國的名門貓族，取名叫作馬蜜歐伯爵。除了同樣是泰國出身的夫人奇姬之外，還有一位女朋友住在八王子。喔！讀到這兒，請您不要埋怨：「哎唷，原來在說貓，真是胡鬧！」因為伯爵對氣味可是很有一套的。譬如竹莢魚或小魚乾的氣味，就會令他毫不知恥地發抖發狂，而女人的香水，則必須符合他的喜好才行。我若隨意噴些氣味香甜的廉價香水，他就會打個小噴嚏，以表達他的輕蔑。

現在，他已經把手（正確地說，應該是他的前腳）搭在我的肩上。漂亮的銀鬚戳得我臉頰發癢，溼漉漉的貓鼻看起來像豆沙粉的顏色，他用鼻尖輕觸我的耳垂兩、三下，鼻孔裡發出噗噗的聲音。突然，伯爵用他的腦袋砰地撞了我一下。這表示心情極佳，他對新的香水非常滿意。伯爵把腦袋撞了我兩、三下之後，再用滿含溫柔力量的貓爪在主人身上抓來抓去。

原來如此。香水通過鑑定了。等那件初夏新裝做好之後，我就噴上這名叫「錦」的香水去約會吧。馬蜜歐伯爵啊，你在家裡好好看門喔。

V

花底蛇

已故的小山富士夫先生是研究東洋古代陶瓷的權威，據說他因善寫特殊又別致的字體而著名。第一次在酒宴上跟他相識時，他說：「我寫個什麼送妳吧。」

我便請求他幫我寫一個「花」字。小山先生向我要去了口紅，在一張方形卡片紙上寫了很大的「花」字，大得幾乎要從紙面滿出來似的。我那根原本就已所剩不多的口紅，也當場報廢了，但那豪邁強勁的筆法，讓我忍不住發出一聲驚嘆：「哇！」因為我從沒想到「花」字可以寫成這樣。

後來當我第一次看到栗崎先生[1]的插花作品時，腦中不禁又想起小山先生當初為

1 栗崎先生：應指花道家栗崎昇（一九三七—）。此篇〈花底蛇〉最早亦收錄在栗崎昇的作品集《花たち》（花們）中。

我寫的那個幾乎從卡紙上滿出來的「花」字。

栗崎先生的作品深具魔力，不但含有某種令人陶醉的東西，還擁有某種巨大又厚重的神奇魅力。

那些打出「某某流」招牌的插花作品，觀眾看了，心底不免生出「哇！好偉大」的崇敬，但是栗崎先生的作品不會讓人產生那種感覺。什麼權威、真、善、美……之類的東西，他全不考慮，也不會把木棍撐在花兒背後，或把花枝扭來扭去，扭得花兒哭泣，他只用自己喜歡的花盆，按照自己喜歡的方式，把心愛的花朵丟進花盆，然後就完成一盆插花作品。

「某某流」的插花作品全都安安靜靜地正襟危坐著，栗崎先生的花兒卻伸長兩腿，在那兒聊天、歡唱。原本不太可能齊聚一堂的日本花和外國花，卻在他的作品裡頭靠頭，肩並肩，一起發出嘻笑聲。

栗崎先生的插花作品擁有體溫，各種花香相互融合，彼此攜手努力，齊聲發出嘆息。

作品中的任何一種花，都那麼美麗；仔細打量下，任何一朵花都可能令人寒毛聳立。因為那花形、花色實在太美了，美得讓人覺得恐懼。

插花作業看似簡單，卻是一種極為殘忍的工作。首先插花者要把花兒當作犯人，切斷它的花枝，這等於縮短了花兒的壽命，將它們送進墳墓。花盆則是花兒的美棺。

插花亦即是為花兒舉行美麗的葬禮。恐怕世界上，再也沒有更美麗的葬禮了吧。而栗崎先生則是我認識最棒的葬禮祭司。

我曾看他在一個巨大的紅銅花盆裡裝滿各色各樣的花朵，數量多得令人昏倒。據說那個花盆原是法國人用來裝煤炭的容器。當時我對那完美的作品驚訝得簡直說不出話，同時也感受到了藏在作品裡的某種東西。

那是令人陶醉的某種微量毒素。毒性相當於一條蛇。寫到這兒，我想起從前聽過的中國諺語：花底蛇。這個諺語故事告訴我們，凡是美麗的外表背後必定隱藏著可怕的因素。好比一個性格溫柔的人，心底卻清醒地睜著一雙追逐完美的貪眼。

「壞了」不是「弄壞了」

小學六年級的時候，有一天，我把父親買給我的玻璃筆筒弄到地上，摔破了。

「我給妳買的筆筒到哪去了？」

父親發現筆筒不見了，便追問我。

「壞了。」

我不在乎地答道。父親的語氣突然變得很嚴厲。

「妳再說一遍！」

糟糕！要挨罵了。這個想法瞬間掠過我的心底。但我還是結結巴巴地又說了一次：

「壞了。」

不料，父親猛然出手打了我一記耳光，我順勢仰面跌倒在榻榻米上。父親臉上爆出青筋，狠狠地俯視著茫然不知所措的我說：

「說清楚！是妳弄壞的吧？或者是妳眼睛看著它的時候，筆筒自己啪啦一聲破掉了？」

父親的聲音裡充滿威嚴的力量。我的喉頭不斷發抖，哽咽著答道：

「是它掉到地上去了。」

聽了這話，父親的音量稍微降低了一些。

「這種情形，就叫作『弄壞了』。跟『壞了』是完全不同的意思。」

接著，父親又用鉛筆在紙上寫著「壞了」和「弄壞了」，然後遞到我面前。

「怎麼樣？不一樣吧？妳給我弄清楚一點。以後也要分別清楚。」

父親向我命令道。他離開後，我還是無法停止嗚咽。老實說，那時我心裡真有點恨父親，覺得他實在太過分了。

明治年代出生的父親是一名極平凡的日本男子，他的教養程度不高，工作也只幹到保險公司分店長的職位就退休了。父親有高血壓，經常生氣，發怒簡直就像他的嗜好。身為長女的我總是被父親當作出氣筒。

現在，當年經常發怒的父親已經不在了，如今回想起來，父親從不討好子女，做事絕不姑息的處世之道，也算是很了不起的。我則因為父親的教誨，養成了獨立思考的習慣，這讓我對父親一直深懷感激。

字少的信

或許因為自己多話，所以話少的男人或書信都令我心生好感。尤其是男人寄來的書信，最好不要寫太多，字少的信正合我意。

聽說從前還沒有發明文字的時候，人類是利用石塊向遠方的愛人傳達情意。

男人先找一塊符合自己心意的石塊，託給其他旅人幫自己帶去。女人收到石塊後，閉上眼，用手掌握住石塊。如果石頭上有尖角，不免擔心男人可能生了病，或是男人的心情不佳；如果是一塊圓潤光滑的石頭，女人相信這表示愛人平安無事，這才放下心來。

據說這種書信叫作「石文」。我不免想像，假設這東西今天又復活了，哪天有人為了想告訴我：

「我等了妳三年呢！」

便給我「砰」地一下寄來一塊醃黃蘿蔔用的大石頭，那才真叫人受不了呢。（其實我想自己應該會很高興吧。）但是毋庸置疑的，「石文」應該算是最早的情書吧。

現代是個饒舌的時代。廣播電台的DJ，電視台的主持人，還有家庭日常劇，都囉唆得不得了，當然啦，像我從事這種職業的人，也該負一部分的責任。不知是否因為這個理由，現代的男人寫起信來，也都滔滔不絕地寫上一大堆，特別是年輕男性，更是如此。所以我們今天已很難根據字跡或文章內容去判斷男女了。

大家都知道寫信應該像說話一樣，但有些人以為，自己可以從「書信寫作指南」裡抄些僵死的文字，排列在一起就好，這種想法當然也沒什麼不對，然而，這種書信的內容看起來就顯得有點「娘娘腔」。相反地，現代女性的書信則愈來愈充滿「男子氣」。真沒想到男女平等竟在意想不到的角落開花結果了。

雖然大家都已知道如何寫信，但我還是在這兒重複一遍：

簡潔
省略
餘韻

書信除了需要具備上述三要件之外，希望大家再添入一些只有自己才寫得出來的具體景象或詞句。

我曾收到一位在歐洲旅行的朋友寄來的圖畫明信片。卡片上只寫了那天早中晚三餐的菜單。這張明信片被我夾在料理書裡當作書籤，一夾就夾了好長一段時間。

寫得好的書信就像字數較多的俳句，特別是明信片，字裡行間很自然地飄出景象或聲音。

到現在為止，給我留下印象最深的書信，是我最小的妹妹在戰爭末期寫給父親的幾封信。我現在舉的這個例子，可能以前已在散文裡面提過，但因為一時想不出更好的例子，只好再寫一遍。

那年，東京遭受空襲的頻率愈來愈密集，剛上小學的妹妹也必須捧著寫了姓名的大碗公，跟其他學生一起疏散到鄉下去。或許那段時期父母都忙著到處張羅食物，也就沒有時間教導妹妹認字。到了出發之前，父親坐在布幕遮住的昏暗燈光下，幫那好不容易才記住自己名字的妹妹寫了一大堆明信片，數量簡直多得驚人。父親並沒多寫，只在明信片正面寫了自己的名字和地址。出發前一晚，他把整捆明信片塞進了妹妹的小背包。

「生活過得不錯就畫個大圈，每天一定要寄一張回來唷。」

父親一面裝一面叮囑著妹妹。

四、五天之後，第一張明信片寄來了。

明信片上畫了一個很大很大的圓圈，大得幾乎要從卡片上滿出來，而且是用紅鉛筆畫的。聽說她們到達目的地的那天，國防婦女會為了歡迎東京疏散到鄉間的孩童，特地為他們做了紅豆湯。妹妹當時的心情一定充滿遠足的歡樂吧。

但是從第二天開始，圓圈突然變小了。父親黃昏下班回來，一進玄關，立刻解開腿上的綁腿。當時規定全國百姓沒當兵的也要穿國民服，並且打上綁腿。父親一把甩掉綁腿，跑進起居室，只見妹妹的明信片已放在餐桌上。卡片上用鉛筆畫著一個小圓圈，顏色很淺，看起來很沒有力氣。父親無言地瞪著明信片。唯有收信人的姓名和地址寫得一絲不苟，父親明明是自己寫給自己，卻仍然一筆一畫寫得十分工整。或許因為父親天生就是認真嚴肅的性格吧，但我感覺得出，那幾個字裡也蘊含著父親的心願，因為他期待妹妹能夠平安地度過每一天。

不久，明信片上的圓圈變成了叉叉，接著，連畫著叉叉的明信片也收不到了。因為妹妹患了百日咳，躺在床上根本起不來。

母親把妹妹接回家時，她跟別的學童一樣已瘦得只剩皮包骨頭。坐在起居室的父親聽到妹妹進門，立刻光著腳跑出去，一把抱住妹妹大哭起來。那是我第一次看到一個大男人放聲嚎啕大哭。

我在這篇文章裡雖然自以為了不起地寫了一大堆，但其實關於如何寫信，我根本沒有資格談論。

因為我的字寫得太醜。因為我太要面子，明明寫不好，卻又想把信寫得令人滿意。因為我平時懶散慣了，東西總是到處亂丟，又老是找不到郵票……諸如此類，不肯寫信的藉口，真是多得不勝枚舉。所以一提起寫信，我就覺得愧對大家，但同時也依然因循苟且，不肯提筆寫信。

其實書信沒有好壞之分，不管文筆多糟，總比不寫的好。必須寫信卻不肯寫，等於就是向人預支了一筆無形的巨額貸款。

不甜蜜的友情與愛情

這兩樣東西既甜蜜又美好，但是友情和愛情不能只有甜蜜與美好。友情與愛情。

每個人都有不為人知，也不願被人看到的一面。電視劇《阿吽》男主角水田仙吉是個低薪族，他的好友門倉修造長得英俊瀟灑，而且發了戰爭財，水田心中對他自然感到嫉妒。不僅如此，門倉還對水田的妻子多美暗懷情意。水田對這件事雖然心知肚明，但他覺得門倉是個好人，也對門倉懷有好感。

而門倉呢，他連多美的一根手指都不曾碰過，全心全意地努力照顧水田一家人。多美心中明白門倉很喜歡自己，但她也從沒做過超越禮法的事情。

在一般狀況下，妒忌、自卑應該會變成摧毀友情的原動力，但在他們三人之間卻發揮了膠水的黏合作用。

正因為他們的關係裡蘊藏著醜陋又危險的成分，所以也更能證明他們的交情才是真正的友情。

但是女人可能就做不到這些。女人看重的是丈夫的地位、收入，或子女是否出色，說得更直白一點，女人跟女人從相逢那一刻起，就可能因為穿著打扮之類的小事，而給對方帶來傷害。女人要超越這些因素，進行更深層的交往，是一件非常困難的事。就連我自己也很難辦到。

女人是追求具體條件的動物，她們擁有熱愛丈夫、子女的本能，但在友情之類比較抽象的精神層面，卻遠遠比不上男人。

其實我覺得這樣也沒什麼不好。因為女人的肉體和精神構造等方面本來就沒辦法跟男人一樣。男人跟男人之間雖然偶爾也會產生矛盾，但我每次看到他們彼此容忍的那種深厚情誼，心底總是非常羨慕，忍不住感嘆道：「好棒啊！」

有些讀者認為我寫這部作品，是要批判現代社會乏味的人際關係，其實我沒有這麼遠大的抱負。我寫的只是自己出生成長的那個年代，大約是戰前的昭和十年到十三年之間，主要內容就是東京山手地區一個普通家庭的故事，人物構成則跟我手裡那兩張全家福照片一樣。如今照片雖已變成了豆沙色，卻仍能看到照片裡那位貌似發怒的父親正呆若木雞地站著，他身邊還有母親，以及他們的女兒。

照片裡的人物就像當時政府頒發的教育敕令描述的那樣：「夫妻和合，朋友互信。」但在他們一本正經的面貌下，體內流著的鮮血卻屬於完全不同的類型。記得當初動筆書寫這部作品時，我曾暗自期許自己，如果能寫出這樣的故事就好了。

讀者若能感受到作者的意圖，從故事裡讀出這個部分，身為作者的我將感到十分幸運。

最後順便說明一下，我想讀過小說的人都已經知道了，所謂的「阿．吽」，是指坐在神社門前的那兩隻狛犬。

（原書編注：本文是作者回覆小說《阿吽》的讀者投書）

黃衣服

在百貨公司的服裝賣場閒逛時，突然想起一件往事。

大約是四十多年前，那時我還年幼，大概才七歲，我記得自己曾經獨自在百貨公司的童裝賣場裡閒逛。但我可不是孤兒喔，家父家母那時還健在呢。當時父親他們好像正在其他賣場選購駝絨內衣之類的東西。我是被父母帶去選購夏季的外出服，他們把我帶到童裝部，然後告訴我：

「妳去挑一件自己喜歡的衣服吧。但是今年只給妳買一件。想清楚之後再買唷。買回去之後不准哭鬧說想再換另一件！因為這樣會給百貨公司添麻煩的。」

父母又告訴我，等一下他們會回來找我。說完，他們就走了。

那時我雖然還是個孩子，但是對衣物的好惡非常明顯，而且脾氣很任性，譬如手套的顏色，若是不合我的心意，寧願讓手上長出凍瘡，也不肯戴上那副手套。我對洋裝的款式也很挑剔，曾經向大人耍賴：「我不要這個蝴蝶結，幫我拆掉啦！」或許因為父母知道我這種毛病，才想出這種對策，想要好好教訓我一下吧。

記得當時的季節好像是初夏，因為父親工作的關係，我們住在宇都宮，而那家叫作「上野」的百貨公司就在宇都宮市。

我猜百貨公司的人肯定都很吃驚吧。因為我只是個小孩，卻獨自在童裝賣場到處閒逛，還把各種洋裝拿來放在胸前比劃著。

父母對我早已等得不耐煩，只好坐在會客室的長椅上打發無聊的時光，好不容易，我終於看中一件黃色的無袖絲綢洋裝，胸口部分縫了一堆縐褶，胸部以下覆著輕飄飄的奶油色蟬翼紗，胸口釘著黃黑兩色蟬翼紗做成的假花，另外在無袖的袖口則點綴了幾朵黑色假花。或許因為父母從沒給我買過這種顏色漂亮又如夢幻般飄逸的衣裳，所以年幼的我才會覺得：「這衣服好漂亮啊！」

然而，父親一眼看到我選中的黃衣服，立刻不以為然地低聲說了一句：

「很像咖啡店女侍的制服嘛。」

我雖沒親眼看過咖啡店女侍，但是從祖母和母親的談話裡也聽得出來，那不是什麼值得驕傲的職業。

這件黃衣服最後雖然成為我在那年夏天和第二年夏天出門作客的外出服，但不知為何，每當我穿上這件衣服，父親就顯得很不高興。

「又穿這套？」

說著，父親臉上露出不悅的表情。

同時我也感覺父母好像比其他季節更少帶我出門。也或許因為被說是「咖啡店女侍」，每當我站在母親的鏡子前面，總覺得自己似乎很沒氣質。其實我很想換穿其他的衣服，但去年買的那件已經穿不下了，而且父母也已提醒過我：「自己選的衣服，不要有怨言。」所以我只能將就著繼續穿下去。

經過這件事情之後，父母要給我買衣服的時候都讓我自己去挑。但他們不再把我一個人留在賣場，而只是跟在我的身邊。

我選衣服的態度也比較慎重了。

因為我知道，第一眼看中了立刻買下的話，以後就會像那件黃衣服一樣以失敗告終。另一方面，或許也因為我已經學到了經驗，買衣服時不考慮手邊已有的帽子，將來倒楣的還是自己。

後來好像是在第二年冬天吧，我選中的那件酒紅色大衣廣受眾人好評。

「看到妳穿這件大衣，媽媽心裡覺得好高興。」母親對我說。

那件大衣不但跟我黑漆皮的鞋子很相配，站在身穿黑絲絨西裝的弟弟身邊拍照時，也顯得賞心悅目。

「我覺得這東西跟妳那件大衣很相配唷。」

父親的朋友還送給我一個絲絨做的黑貓孩童皮包。這時我終於明白，選一件不那麼起眼、品味比較高雅的衣服，不僅能讓自己心情愉快，就連周圍的人也跟著一起開心，而且大家都稱讚我穿得好看。至於那件酒紅色大衣，後來還輪流讓給兩個妹妹穿呢。之後，大衣就一直收藏在倉庫裡。戰後國內缺乏衣料的那段時期，大衣又被拿出來，改製成妹妹的皮包和帽子。也就是說，那件大衣在我家總共待了二十七、八年之久。

現在回想起來，我覺得那也算是父母對我進行的另一種教育。

當然，這種看法只是根據結局得出的定論。因為出生於明治年代的家父母沒有受過高深教育，也不懂什麼教育理論。但是經過那麼多年之後，現在重新回顧當時，我覺得自己是經由那次經驗而學會如何選購衣物。

選擇一件衣服時，我必須擔起責任。

只要做出抉擇，以後不能藉口任何理由再拿去換。就算哭鬧耍賴也沒用。其實我覺得父母也很偉大，他們從沒因為我選的衣服太貴而表示不悅，當時父親在保險公司只是分店副店長，薪水並不多。或許他們認為，就算我選一件比較昂貴的衣服，也比讓我連買好幾件更值得，也可能因為他們覺得，讓我自己選擇才是真的為了我好。

從我第一次選中那件黃衣服到現在，四十多年過去了。最近我才明白，當時學到的不只是挑選服裝的方法。

不論職業、交友，或概括而言，包括我的整個人生在內，等於都是我自己選中的黃衣服。因為每個季節只能買一件，不能更換，也沒有任何抱怨的託辭。

美醜

陽台上常有麻雀從天空飛下。

有時只有一隻，有時是三、四隻一起來。牠們總是嘁嘁喳喳叫個不停，或獨自梳理羽毛，或彼此追逐啄鬥，我在一旁看著牠們嬉鬧跳躍，心情非常愉快，但我卻分不清誰是誰。哪隻是公的？哪隻是母的？哪隻長得美？哪隻比較聰明？我完全無法分辨，只看得出牠們都是麻雀。或許是因為自己從沒養過小鳥吧。因為我擁有近三十年的養貓經驗，每隻貓兒的特殊之處，我可是大致都能看出來呢。

只要瞥上一眼，我能立刻做出判斷：這是一隻剛生下小貓的母貓！那隻貓是個愛撒嬌的傢伙，被牠主人寵壞了！這傢伙碰到刻薄的主人，變成一隻怕人的貓了！那隻看起來脾氣不錯，但是逼急了，牠可是很兇的。至於貓兒的美醜，我當然能夠當場識別。但我的判斷準則似乎還是以人類的眼光為標準。

我家養了一隻貓，名字叫作比魯。

可能是情有獨鍾吧，我總覺得自己家這隻雄性虎斑貓長得十分英俊，一直想讓附近的小白當牠的媳婦。小白雖沒有驚人的美貌，卻有一張可愛的臉孔，或許因為主人精心餵養，小白的毛色發光，脾氣溫柔，好不容易已長一位成待字閨中的貓小姐，不時地跳上我家的梅樹枝頭，東抓西撓，爬上爬下，把魯比弄得心焦氣躁，連我在一旁看著都覺得可憐。

但我萬萬沒想到，比魯看中的對象，竟是隔壁鄰居的隔壁那家飼養的貓大姊。那隻微胖的三毛貓早已不知生過幾隻小貓，肚皮鬆鬆垮垮，令人不忍直視。更糟糕的是，牠的腿腳也不俐落，一隻眼角總是堆滿眼屎，而且性格好強，從不退讓。也就是說，比魯等於是甩掉山口百惠[1]，然後選擇了悠木千帆[2]。

「那種大媽，究竟哪裡好呀？」

每次看到比魯早上從外面回來，我就忍不住斥責牠。但是魯比從不辯解，只微微張開眼皮瞥我一眼，然後大模大樣地發出鼾聲，呼呼大睡。兩個月之後，悠木千帆的主人到我家來了，她手裡捧著鄰里訊息傳閱夾，上面放著兩隻小貓，都是長得跟魯比一模一樣的虎斑貓。兩個微小的身體正在不斷發抖。被迫認養小貓的母親驚惶失措，搞不清究竟發生了什麼事。

我向專家請教後才明白了雄性動物選擇配偶的標準。原來，牠們要求雌性對象的首要條件，是必須擁有旺盛的生活力，其次是繁殖力，同時也必須是育兒能手。有些雌性動物在人類眼中看著覺得：「啊！好可愛！」但同類的雄性動物似乎不感興趣。而相對的，雌性動物選擇配偶的首要條件則是強壯，牠們要求雄性動物的尿液必須散發出強烈的氣味，並且要對異性極有興趣。

對動物來說，活下去才是最重要的。其次則是繁衍後代。我想人類從前或許也跟動物一樣吧。後來人類有了文化，隨著文明不斷進步，人類便開始講究個人出身、家世、學歷、血緣……等條件，又訂出一堆不知是誰想出來的美醜準則，讓人類時喜時

---

1 山口百惠（一九五九—）：日本八〇年代紅極一時的玉女歌手、演員，因結婚引退。

2 悠木千帆（一九四三—二〇一八）：女演員樹木希林的舊藝名（本名內田啓子），近年以演出日本導演是枝裕和作品中的母親角色，在國際間亦享有知名度。

憂，不知所措。譬如高鼻梁才屬上品、眼睛愈大愈美、腿細腳長才好看……等等，類似這些標準，或許無法避免的，但我們偶爾也不妨採取最單純的思想方式，探索一下，什麼才是活著最需要的？相信大家都能從思考中有所收穫。

國家圖書館出版品預行編目資料

男時女時／向田邦子著；章蓓蕾譯. -- 初版. -- 臺北市：麥田出版：家庭傳媒城邦分公司發行, 2018.12
面； 公分. --（和風文庫；20）
ISBN 978-986-344-602-6（平裝）
861.57　　107017860

和風文庫 20

男時女時

作　　者　向田邦子
譯　　者　章蓓蕾
封面設計　蕭旭芳
協力編輯　沈如瑩
責任編輯　巫維珍

國際版權　吳玲緯　蔡傳宜
行　　銷　艾青荷　蘇莞婷
業　　務　李再星　陳紫晴　陳美燕　馮逸華
編輯總監　劉麗真
總 經 理　陳逸瑛
發 行 人　凃玉雲
出　　版　麥田出版
地址：10483台北市民生東路二段141號5樓
電話：(02)2500-7696　傳真：(02)2500-1967
部落格：http://ryefield.pixnet.net
發　　行　英屬蓋曼群島商家庭傳媒股份有限公司　城邦分公司
地址：10483台北市民生東路二段141號11樓
網址：http://www.cite.com.tw
客服專線：(02)2500-7718；2500-7719
24小時傳真專線：(02)2500-1990；2500-1991
服務時間：週一至週五09:30-12:00；13:30-17:00
劃撥帳號：19863813　戶名：書虫股份有限公司
讀者服務信箱：service@readingclub.com.tw
香港發行所　城邦（香港）出版集團有限公司
地址：香港灣仔駱克道193號東超商業中心1樓
電話：+852-2508-6231　傳真：+852-2578-9337
電郵：hkcite@biznetvigator.com
馬新發行所　城邦（馬新）出版集團【Cite (M) Sdn. Bhd. (458372U)】
地址：41, Jalan Radin Anum, Bandar Baru Sri Petaling, 57000 Kuala Lumpur, Malaysia.
電話：+603-9057-8822　傳真：+603-9057-6622
電郵：cite@cite.com.my
麥田部落格　http://ryefield.com.tw
印　　刷　中原造像股份有限公司
初版一刷　2018年12月
售　　價　300元
ISBN：978-986-344-602-6